Sensor:
o game

Manuel Filho

Ilustrações de Laurent Cardon

Editora do Brasil

Dados Internacionais de Catalogação na Publicação (CIP)
(Câmara Brasileira do Livro, SP, Brasil)

Manuel Filho
    Sensor: o game / Manuel Filho; ilustrações de Laurent Cardon.
– 1. ed. – São Paulo: Editora do Brasil, 2013.

    ISBN 978-85-10-05342-6

    1. Literatura juvenil   2. Video games   I. Cardon, Laurent.
II. Título.

13-05473   CDD-028.5

Índices para catálogo sistemático:
1. Video games: Literatura infantojuvenil   028.5
2. Video games: Literatura juvenil   028.5

Texto © Manuel Filho
Ilustrações © Laurent Cardon

Direção-geral: Vicente Tortamano Avanso

Direção editorial: Cibele Mendes Curto Santos
Gerência editorial: Felipe Ramos Poletti
Supervisão de arte e editoração: Adelaide Carolina Cerutti
Supervisão de controle de processos editoriais: Marta Dias Portero
Supervisão de direitos autorais: Marilisa Bertolone Mendes
Supervisão de revisão: Dora Helena Feres

Edição: Gilsandro Vieira Sales
Auxílio editorial: Flora Vaz Manzione
Coordenação de revisão: Otacilio Palareti
Coordenação de arte: Maria Aparecida Alves
Design gráfico: Regiane de Paula Santana e Patrícia LIno
Revisão: Ana Carolina de Jesuz
Controle de processos editoriais: Leila P. Jungstedt, Carlos Nunes, Flávia Iossi e Eric Araújo

1ª edição / 9ª impressão, 2025
Impresso na Hawaii Gráfica e Editora

Avenida das Nações Unidas, 12901
Torre Oeste, 20º andar
São Paulo, SP – CEP: 04578-910
Fone: + 55 11 3226-0211
www.editoradobrasil.com.br

Para a
querida Alice.

Sumário

Joca estava com medo. Ele sabia muito mais do que deveria sobre o desaparecimento de seu primo Fred. No entanto, não podia abrir a boca. Sofria calado vendo sua família desesperada.

– Só queria meu filho de volta... – repetia a mãe de Fred a todo instante. A família inteira concordou que ela não tinha condições de ficar sozinha, pois estava muito abalada. Acharam melhor que permanecesse na casa da irmã dela, mãe do Joca, caso passasse mal e precisasse de alguma ajuda médica.

– A polícia ainda não tem nenhuma pista – comentou o pai do Joca com um parente curioso. – É uma história meio complicada, mas parece que todo mundo que se envolveu nela, desapareceu, inclusive meu sobrinho.

O jovem queria informar ao pai que a polícia não poderia fazer muita coisa para salvar Fred e que a situação era mais grave do que qualquer um deles pudesse imaginar. Joca se sentia aflito, não tinha certeza se conseguiria controlar a vontade de contar tudo o que sabia. Ficava engasgado e, às vezes, até chorava. Quando isso acontecia, sua mãe rapidamente se aproximava e tentava tranquilizá-lo.

Joca ficou feliz quando sentiu o celular vibrar em seu bolso, até ajeitou os óculos no rosto. Estava esperando ansiosamente por aquilo: poderia ser uma nova mensagem. Porém, infelizmente, era só propaganda.

Duas semanas depois do desaparecimento de seu primo, ele recebeu a primeira daquelas mensagens. Ele ainda não sabia, mas iriam chegar muitas delas. Vinham escritas em códigos, curtas. Joca não entendia nada. Achou que fosse uma brincadeira de sua amiga de escola e "geniozinha da *net*", a Bia Byte, que deveria estar testando um dos milhares de aplicativos que ela encontrava pela *net*. Mas, dessa vez, não era culpa dela.

Ele tentou se esquecer daquilo; deveria ser algum trote. Porém, os torpedos não cessaram. Às vezes vinham de quinze em quinze minutos ou a cada quatro ou cinco horas.

Irritado, decidiu ligar para a operadora a fim de descobrir quem estava fazendo aquilo, pois as mensagens não apresentavam remetente. Então, uma surpresa: o nome FRED apareceu no visor. Foi aí que Joca percebeu que as poucas palavras recebidas em cada uma daquelas mensagens estavam formando uma frase. Retornou ao primeiro torpedo e anotou cada uma num pedaço de papel. A frase que surgiu o deixou apavorado.

Joca suou frio. Precisava do sensor, que não estava mais com ele. Como é que iria consegui-lo de volta sem contar nada do que estava acontecendo? A vida de seu primo corria perigo e a culpa era dele, somente dele.

2. SEMPRE ON, NUNCA OFF

Nesse momento, em sua casa, Bia Byte tentava se lembrar da última vez que tinha falado com Fred. Também não conseguia acreditar que ele havia, simplesmente, desaparecido. Enquanto atualizava todos os seus perfis nas redes sociais na internet, que não eram poucos, ela ia tentando rastrear os últimos sinais de seu amigo. Não era muita coisa que aparecia em suas pesquisas. Apenas tinha a certeza de que várias pessoas, cerca de vinte, desapareceram do mapa. A mais famosa delas era o chefe Valter. Fred já havia comentado sobre ele, era uma espécie de mentor, uma figura que estava sempre disponível para ouvir e prestar ajuda nos projetos que o garoto tinha vontade de realizar.

Ela achava engraçado o apelido que tinham colocado nela, Bia Byte. De início, não curtiu, pois achou que queriam rotulá-la como *nerd*. Já a provocavam em razão de seu cabelo curto, que às vezes mudava de cor, de suas roupas, que sempre pareciam um número maior do que o ideal, e do tom branco de sua pele. Porém, acabou se acostumando e gostando do novo nome e passou a assinar todas as suas mensagens com ele. E, afinal de contas, foi com esse nome que conheceu Fred.

Certa vez, enquanto teclava com Joca em uma rede social, viu que um garoto havia deixado uma mensagem para ele. A foto de Fred apareceu no *post* e ela sentiu-se atraída. Gostou dos olhos escuros e do cabelo, todo repuxado para cima com algum tipo de gel. Na foto, ele parecia que havia brincado em algum parque, pois estava diante de uma montanha-russa. Ela clicou no perfil do Fred e ficou perdida por lá vendo algumas fotos e vídeos até que Joca chamou sua atenção para que retornasse ao *chat*.

— Quem é esse carinha que está na sua página? – perguntou ela.

— Que carinha? Não tem carinha nenhum na minha página, só meus amigos, que são poucos, prefiro as amigas – riu ele.

— Estou falando desse cara que está com esse cabelo esquisito.

— Ah, é meu primo. Aquele que eu te falei que é louco por *games* e computador.

Ela imediatamente se lembrou da conversa que tiveram. Joca lhe contou que tinha um primo que era um gênio dos *games*, o Fred. Desde criança ele havia se interessado pelo assunto e se divertia por longas horas com todo tipo de jogo que encontrasse: no celular, na rede, em festivais, sozinho, de qualquer jeito. Na hora exata em que os pais dele iam começar a implicar com aquela mania, aconteceu uma coisa incrível: Fred foi contratado por uma grande empresa de *games* para testar os novos jogos antes que eles chegassem ao mercado.

— O quê, ele vai ganhar para jogar? — espantou-se Bia quando Joca lhe contou a história.

— E vai ganhar bem!

Aquilo só tinha acontecido porque o Fred havia vencido um campeonato importante de *games* e era o melhor vendedor de *avatar* que existia.

— Como assim? — perguntou a Bia, que ainda não tinha explorado o suficiente aquele universo.

— É coisa de louco — falou o Joca. — Tem uns jogos na rede que você precisa trabalhar bastante para construir um personagem. Quanto mais tempo você jogar, mais armas, poderes e fases vai conquistar. Aí, é só vender esse personagem para alguém. Tem um pessoal que não tem tempo de ficar jogando e prefere comprar o personagem pronto. Acho que o Fred já ganhava mais do que o pai dele quando foi chamado pela tal da empresa.

Bia estava surpresa. Também passava horas na internet. Todo mundo pensava que ela só gostava de ficar em redes sociais, batendo papo, mas aquilo não era verdade. O que achava mais interessante era o que conseguia aprender. Sempre descobria alguma dica para incrementar a sua página pessoal ou como usar programas novos. Com o que baixava em sua própria casa, produzia vídeos superincríveis que todo mundo pensava que fossem profissionais. A principal diferença entre Bia e Fred era que ela nunca havia recebido uma moedinha que fosse pelas suas atividades.

A garota acabou por adicionar Fred aos seus amigos e, logo, ele havia se tornado um de seus maiores interesses na rede. Sempre que ela entrava, a primeira coisa que fazia era ver se ele estava *on-line*. Sabia que a chance disso acontecer era imensa, porém, não era porque o *status* dele fosse *on* que ele estaria disponível. Fred sempre deixava um recado: "Olá para todos, estou *on*, mas posso estar afastado do computador e não responderei agora."

De qualquer forma, toda vez que Bia entrava na rede Fred lhe surgia como disponível e respondia qualquer coisa imediatamente. Isso a deixava feliz. Agora, depois do desaparecimento do garoto, ela ficava bastante decepcionada quando fazia *login* e não o encontrava. Não havia perdido o hábito de entrar sempre no mesmo horário na esperança de achá-lo por lá.

Mas, desta vez, com essa expectativa, ela acessou a rede e levou um susto quando viu que Fred, além de estar disponível, estava com a *cam* ligada. Achou que ele tinha reaparecido, finalmente. Bia disparou a chamá-lo mandando repetidas mensagens, mas ele não retornava nenhuma. Resolveu também ligar sua *cam* e começou a gritar pelo *mic*. A garota quase não conseguia controlar a ansiedade. Para sua surpresa, aos poucos, uma estranha imagem surgiu em sua tela, parecia que estava acontecendo alguma transmissão. Bia passou a acompanhá-la. De repente, sentiu um frio percorrer todo o seu corpo. Tentou gritar, mas o grito demorou a vir e, quando veio, saiu junto com um monte de lágrimas.

Joca estranhou quando entrou na *net* e não encontrou a Bia Byte. Aquilo era incomum, pois ela sempre deixava algum recado, principalmente agora, depois do sumiço de Fred.

"Será que aconteceu alguma coisa?", pensou ele. Torcia para que estivesse errado, pois precisava falar com ela de qualquer jeito.

Resolveu ligar para a amiga. Ao pegar o celular, sentiu um arrepio; haveria alguma mensagem de Fred? Havendo ou não, sempre tinha medo: ficava ansioso esperando que a frase se completasse com aquelas palavras picadas. Se não viesse algum torpedo, ele temia que o pior tivesse acontecido. Na verdade, Fred já permanecia em silêncio há algum tempo e isso incomodava o Joca.

— Joca? É você? – perguntou Bia do outro da linha.

— Claro que sou eu – respondeu o garoto aliviado. – Quem mais poderia ser? Não está vendo meu número aí, não?

Ele percebeu que a voz dela estava um pouco trêmula.

— Aconteceu uma coisa muito estranha.

— O quê? – perguntou ele.

— Vem aqui em casa que eu te falo – respondeu ela, desligando o telefone.

Joca não pensou duas vezes. Vestiu uma calça, falou para sua mãe que ia dar uma saída, pegou a bicicleta e logo já estava na rua. Bia não morava longe, mas nunca visitava ninguém. Todo mundo tinha que ir até a casa dela porque ela argumentava que era só lá que funcionava o seu "arsenal": os dois computadores, as câmeras e todo o tipo de *gadget* que se pudesse imaginar. O arsenal era um pequeno escritório que o pai dela havia cedido para que ela armasse toda a sua parafernália.

Bia é uma menina rica, pelo menos para os padrões de Joca. Até mesmo seu primo Fred poderia ser considerado rico perto dele. O pai de Joca é comerciante e sua mãe trabalha numa empresa farmacêutica. Eles podiam manter um padrão confortável para a família, mas inviável para acompanhar todas as novidades do mundo da informática. Por essa razão, ele não possuía o *video game* mais moderno, mas um modelo antigo.

Fred achava um absurdo que, ele sendo quem era, tivesse um primo que não curtisse estar 100% atualizado. Joca argumentava que gostava de praticar esportes, andar de bicicleta, sair na rua. Essa desculpa até colou durante um tempo, mas Fred fez questão de mostrar ao primo que os jogos já estavam tão modernos que não se precisava de "nada", de nenhum *joystick* para brincar. Dava até para praticar esporte. O "nada" era bastante suspeito. Para não se usar "nada" para jogar, ainda era necessário ter um aparelho bem caro, impossível de ser adquirido por uma família com o orçamento controlado.

Joca ia pensando nisso quando chegou ao prédio de Bia e o porteiro o autorizou a subir. Quando a porta do elevador se abriu, ela já o aguardava.

– Entra logo – disse ela. – Vamos para o "arsenal".

Ele a seguiu e logo estavam na sala. Embora a Bia sempre fosse uma pessoa hiperativa, Joca achou que ela estivesse mais agitada do que o normal. Até parecia bastante assustada.

– O que você tem? – perguntou ele.

Ela parou de andar, olhou fixamente para o garoto e disse de uma vez só.

– Pode acabar com a enrolação. Eu já sei de tudo. A partir de agora você não vai conseguir esconder mais nada de mim.

4. O PRIMEIRO CONTATO

— Vou te contar uma coisa incrível, Joca — disse Fred dando início a uma série de acontecimentos que iriam mudar a vida de um montão de gente.

— O quê? — perguntou Joca enquanto terminava de encher de *ketchup* um hambúrguer que estava comendo.

— É sério — prosseguiu o outro terminando de tomar um *milk-shake*. — Mas você vai ter que guardar segredo.

— Tá, e o que é? — interessou-se Joca, que adorava os mistérios do primo "tecnológico". Fred fez uma pausa bem dramática e disse:

— Estou usando um sensor.

— Um o quê? — estranhou Joca.

— Fale baixo — respondeu o primo. — É segredo, já te falei.

— Mas eu não disse nada, nem sei do que você está falando. Fred esticou o braço e disse:

— Passa a mão aqui.

Joca tocou no braço do primo e não percebeu nada de extraordinário.

— É para encontrar alguma coisa? Não estou achando.

Fred, impaciente, pegou o dedo indicador de Joca e o deslizou suavemente um pouco abaixo da dobra de seu cotovelo. Fez com que o primo percebesse uma pequena diferença na textura da pele.

— Sentiu? — perguntou ele.

— Sei lá — disse Joca. — Parece que está mais áspero num pedacinho da sua pele, só isso.

— É isso mesmo — disse Fred contente. — É o sensor.

— E o que é que isso tem de especial?

— Joca, você acaba de tocar no que há de mais moderno no mundo dos *video games*. Agora mesmo eu estou jogando uma partida incrível.

— Como é que é? — estranhou Joca. — Isso aí é um *video game*? Você só pode estar brincando. Jogo é o que eu tenho lá em casa: console, *joystick*...

— Tudo isso já é passado, ou quase — disse Fred. — Daqui a pouco ninguém mais vai querer saber de outra coisa que não seja o sensor.

Joca permanecia desconfiado mesmo sabendo que o primo vivia a par das últimas novidades do mundo da tecnologia.

— Explica para mim como é que isso aí funciona — pediu ele.

— Este aqui é apenas um protótipo. Uma espécie de amostra que algumas pessoas estão usando para ver se funciona direito antes de colocar à venda nas lojas. — explicou Fred. — Como ele, existem cerca de 20 no mundo. Tem gente fazendo testes na Europa, nos Estados Unidos, na Ásia e em mais alguns lugares. O chefe Valter é quem está coordenando todo o projeto. Mas eu não vou te explicar nada, vou fazer uma coisa mais bacana. Você vai testar o sensor. Põe o dedo em cima dele e aperta.

Joca fez o que o primo pediu. Não percebeu nada de especial até que, de repente, teve uma sensação esquisita, como se uma pequena onda estivesse percorrendo o seu corpo. Fred notou o estranhamento do primo, mas pediu que ele não se assustasse, era daquele jeito mesmo. Joca permaneceu com o dedo no sensor e teve a impressão de que estava ouvindo uma voz, mas não compreendia nada.

— Parece que tem alguém querendo falar comigo — espantou-se Joca. — Mas não estou entendendo.

Fred riu e disse:

— Fale alguma coisa na nossa língua. Somente isso.

Joca pensou e disse:

— Eu falo português.

Então, em um segundo, ele começou a ouvir uma voz metálica que ecoava por sua cabeça. Joca ficou impressionado, parecia que alguém estava querendo lhe dar alguma instrução.

— Faça o que ele está pedindo — disse Fred.

— Ué, como é que você sabe que a voz está me pedindo alguma coisa?

— Esqueceu que o sensor está em mim? — disse Fred. — Eu também estou ouvindo tudinho.

A voz pedia que Joca ficasse de pé e estendesse a mão direita para o alto. Ele ficou constrangido de fazer aquilo no meio da lanchonete, mas, tinha tanta criança correndo e pais desesperados que ele achou que ninguém fosse se importar com isso. Fez o que lhe foi pedido, sem tirar o dedo do braço do primo e, de repente, ouviu uma voz dizendo exatamente a localização em que ele estava, agora em português.

— Cara, isso é muito maluco. Falou até o nome deste lugar — disse Joca, que se distraiu e acabou tirando o dedo do sensor.

— Você estragou tudo, vai ter que começar novamente.

— Isso é mesmo um *video game*? — espantou-se Joca. — Como é que funciona? O que mais ele faz?

— Se você não fosse tão estabanado teria começado um jogo — respondeu Fred. — Agora, vai ter que esperar. Recebi uma mensagem, tenho que voltar para o laboratório. Logo, logo vai acontecer uma reunião superimportante. Tenho que ajudar na organização.

Joca lamentou-se. O tal do sensor parecia ser interessante. Não achou certo ficar sem saber o que iria acontecer em seguida. Fred se levantou da cadeira e foi seguido pelo primo.

— Olha, é como eu lhe disse, é segredo. Se você for bem legal, vai ter uma surpresa. — falou Fred. — Ah sim, mas eu preciso lhe contar mais uma coisa.

— O quê?

— Não precisava ter ficado de pé na lanchonete com o braço para cima. Fui eu que te mandei aquela mensagem só para te ver pagando mico.

E foi com essa imagem na cabeça que Joca se viu diante de Bia Byte, dentro do arsenal. Lembrava-se com detalhe de cada um dos três últimos encontros que tivera com Fred. Neles, ele pôde aprender sobre o funcionamento do sensor e, em razão disso, ficava cada vez mais eufórico com a possibilidade de usar um qualquer dia desses.

— Anda, Joca. Estou esperando — disse Bia estendendo a ele um pequeno invólucro plástico. — Vai me contar logo o que eu quero saber ou vou ter que procurar a polícia?

A visão do pequeno pedaço de plástico trouxe Joca definitivamente de volta à realidade. Era o sensor! Ele entendia a curiosidade que Bia deveria estar sentindo, mas a palavra polícia o assustou. Teria que ter muita calma e habilidade para pegar o sensor de volta sem revelar nada além do que ela precisasse saber.

5. A SUSPEITA

O fato de Bia Byte estar com o sensor era culpa justamente do Joca. Não era possível que ela soubesse para que ele servisse, pois nem mesmo Joca tinha todo o conhecimento sobre isso. A garota estava blefando, como fazia de vez em quando para matar alguma curiosidade que tivesse. Certamente ela já deveria ter pesquisado bastante na rede. Devia ter algumas informações, mas se soubesse de tudo, não estaria fazendo aquelas perguntas.

– Não sei do que você está falando – disse Joca.

Bia olhou desconfiada e perguntou:

– Você quer que eu acredite que você estava com esse negócio e não sabia de nada sobre ele?

Bia guardou o envelope plástico que protegia o sensor no bolso e foi até uma gaveta. Puxou de lá um livro e o entregou para Joca.

– Aqui está o seu livro. Pode ir embora. Não foi isso que você veio buscar?

"Bia é mesmo muito esperta", pensou Joca. Ele havia guardado o sensor dentro daquele livro, foi o melhor lugar que encontrou para protegê-lo, mas com o que não contava era que Bia Byte fosse retirá-lo de sua mochila sem que ele desconfiasse. O garoto só percebeu o que havia acontecido quando chegou em sua casa e deu pela falta de seu material.

Joca olhou para o livro, depois para ela e resolveu entrar no jogo:

– Você sabe que não é o livro que eu quero de volta.

Ela mostrou um sorriso de satisfação e falou:

– Então, me diga, o que mais você quer?

Joca permaneceu mudo. Depois respondeu:

– Quero tudo o que você pegou.

– Não peguei nada; só *emprestei* o livro, eu ia devolver, e estou devolvendo agora.

– Bia, o que estava dentro do livro também me pertence. Você não pode tomar uma coisa de outra pessoa e não devolver.

Ela ficou quieta por um momento.

— Eu queria seu livro para copiar um exercício, só isso. Quando achei esse negócio dentro dele, fiquei muito curiosa, nunca tinha visto nada parecido antes. Pensei que fosse algum tipo de *chip*, mas não achei código nem nome de fabricante e ele é maior do que um *chip* comum. Eu até te telefonei naquele dia para perguntar o que era aquilo que eu tinha encontrado dentro do seu livro. Quando você me falou que não sabia do que eu estava falando, achei que tinha alguma coisa errada. Sua voz tremeu, parecia que você tinha engasgado. Aí pronto, fiquei mais curiosa ainda. Corri para a internet atrás de alguma informação. Por mais que eu procurasse, ninguém sabia me dizer o que era isso.

— Posso dar uma olhada nele? — perguntou Joca. — Quem sabe eu não encontro alguma coisa.

— Você acha que eu vou cair nessa, Joca? Tenho certeza que você sabe bem mais do que está me dizendo. E, se você quer saber a verdade, eu também sei muito mais do que estou te falando.

— E o que é que uma garota intrometida como você teria para esconder? É só aceitar ser seu amigo que a gente fica sabendo da sua vida inteira na *net* — riu ele. — Estava dentro do livro, é meu, pode devolver agora!

— Joca, desconfio que está acontecendo uma coisa muito grave, só não sei o que é.

Ele achou que ela estivesse blefando de novo.

— Como assim?

— Eu vi uma coisa ontem, muito, mas muito esquisita mesmo.

— Que coisa?

Ela foi até o computador.

— Joca, depois que eu te mostrar o que eu vi, você vai QUERER me contar tudo o que sabe.

Dizendo isso, Bia acionou um vídeo e Joca não podia acreditar no que estava vendo.

6. UM VÍDEO ASSUSTADOR

Quando o vídeo terminou, Joca ficou impressionado, era incrível demais. Bia permaneceu de lado, esperando a reação dele.

— Por que foi que você gravou isso? – perguntou ele.

— Quando entrei na rede e tive a impressão de que o Fred estava *on-line*, fiquei tão contente que resolvi gravar. Achei que, se ele aparecesse, todo mundo ia poder comprovar que ele estava bem – explicou Bia. – Mas, o que surgiu foi isso aí. Não consigo assistir de novo.

Joca pediu para ver o vídeo novamente e ficou em dúvida se explicava ou não para Bia o que significava aquilo. Talvez ela ficasse mais assustada ainda. Porém, ela tinha razão, aquilo era uma pista muito importante de que algo estava acontecendo.

Fred iria gostar de ver aquele vídeo, o tipo de imagem granulada era exatamente como ele havia descrito. Nem mesmo ele deve ter imaginado que aquilo pudesse ser gravado e era, de fato, muito perigoso. Com aquele tipo de informação, qualquer pessoa poderia fazer o que quisesse se fosse mal intencionada. E o vídeo nem estava completo. O registro estava apenas pela metade porque Bia só estava próxima ao sensor. Se estivesse com ele na pele, o resultado poderia ter sido muito pior.

— Bia, você tem razão. Está acontecendo uma coisa muito grave, de verdade.

— Eu tinha certeza! Pode me contar tudinho.

— Não sei se você está preparada.

— Como não estou preparada? Você não acabou de ver esse vídeo? Depois que eu vi isso aí, fiquei pronta pra tudo.

Joca olhou para ela e percebeu que a garota já estava envolvida no assunto. O vídeo a tornava parte de tudo o que estava acontecendo e, se saísse exibindo aquilo, poderia ser perigoso para ela mesma no futuro.

— Tá, eu conto tudo o que eu sei, mas você tem que me devolver o sensor, agora.

Ela olhou desconfiada para ele.

— Sensor? O que é isso?

– Bia, se você quiser saber de tudo vai ter que começar a acreditar em mim. E eu preciso desse sensor.

A garota pensou por alguns momentos, retirou o sensor do bolso e o entregou para Joca.

– Pronto, aqui está. Agora me conte tudo.

Joca pareceu aliviado ao tê-lo de volta. Sentiu um arrepio ao tocar nele.

– Bia, eu não ia te contar nada, nada mesmo, ia te enganar. Mas, depois desse vídeo, tenho certeza que você precisa saber de tudo.

– Por quê?

Joca respirou fundo e disse:

– Porque está claro que o Fred está tentando se comunicar com você. Ele deve ter imaginado que aqui no arsenal ele teria mais chances de entrar em contato com a gente. Faz tempo que ele não me manda nenhuma mensagem.

– Mensagem? Como assim, ele não está desaparecido? – disse ela.

Joca então lhe explicou a realidade sobre os torpedos de Fred, mas que as mensagens haviam cessado. Deveria ter acontecido alguma coisa, porém, parecia que ele havia descoberto um novo meio de falar com eles.

– Imagino que você andou pesquisando na rede sobre o sensor – falou Joca. – O que foi que você conseguiu descobrir?

Bia disse que tinha encontrado pouca informação. Parecia que era um projeto bastante secreto e, por isso mesmo, despertava muita curiosidade, principalmente dos *backers*, que queriam descobrir porque aquele projeto estava cercado de tantos segredos. Ninguém sequer conhecia a palavra "sensor".

– Não dá para achar muita coisa – disse ela. – O que eu consegui descobrir é que é um projeto supersecreto, mas isso todo mundo sabe.

– Apareceu alguma coisa sobre o Fred?

– Sim. Tem algumas pessoas bastante desconfiadas de que o sumiço dele tem a ver com esse projeto. Aliás, todo mundo que se envolveu com essa história sumiu, simplesmente desapareceu. Pelo que você já me disse, Fred vivia a par das últimas novidades, então...

– Sim, vivia mesmo. E ele foi um dos principais criadores do sensor.

– Quer me explicar melhor o que é isso?

– Ele participou do projeto inicial. Para dizer a verdade, foi ele quem deu a ideia e vários cientistas do mundo todo desenvolveram um protótipo. Eles começaram a trocar informações e misturaram um montão de experimentos, conforme o próprio Fred me explicou, como robótica, realidade aumentada, nanotecnologia e acabou nascendo o sensor.

– É isso que você está segurando?

– Perfeito!

– Mas como é que você tem um? Se ele pode ajudar a encontrar o Fred, por que você não começou a procurar? Existem outros como esse? – Bia Byte disparou a fazer perguntas e Joca respondeu.

– Calma, você já vai saber de tudo, mas antes, vou te explicar o que é esse vídeo que você gravou e porque você não deve mostrar para ninguém.

– O que é então? – perguntou ela.

Joca respirou fundo e respondeu:

– A câmera do medo.

7. O MELHOR JOGO DO MUNDO

Joca nunca pensou que tivesse que passar sozinho pelas situações que Fred havia lhe falado que poderiam acontecer. A câmera do medo era uma delas. Ele jamais a havia visto em ação e, agora, ali estava uma prova de que ela funcionava. Olhou para Bia e disse:

– Você vai ficar brava comigo.

– Eu *já* estou brava – respondeu ela. – E vou ficar mais ainda se você não me contar o que está acontecendo.

– Esse vídeo que você me mostrou… Eu entendo porque você não consegue assistir. É que ele foi filmado com a câmera do medo.

– Câmera do medo? O que é isso?

– É parte do projeto que o Fred inventou – Joca pegou o envelope com o sensor e continuou – Eu nunca usei o sensor, mas sei do que ele é capaz. Uma vez, eu só encostei no que o Fred estava usando e percebi toda a força dele.

– Como assim?

Joca contou o que tinha acontecido na lanchonete. Depois daquele primeiro encontro, aconteceram mais alguns e Fred explicou várias outras coisas. O sensor, uma vez em contato com a pele de uma pessoa, é absorvido como se fizesse parte dela, sem nenhuma dor, e se transforma num aparelho poderosíssimo. A primeira coisa que ele faz é localizar a posição do usuário no planeta, como um GPS. Desta forma, os jogadores estarão interligados. Ninguém mais vai precisar acessar a rede para jogar. E o sensor vai muito além. Ele consegue interpretar características do corpo humano como a temperatura, o batimento cardíaco, os impulsos elétricos e até a ansiedade.

– Nossa, mas como é que ele faz tudo isso?

Joca explicou que os cientistas se utilizaram de todas as descobertas que foram feitas nos últimos tempos, da medicina até as espaciais. O homem vinha aprendendo muito sobre o corpo humano e desenvolveu diferentes técnicas para que as pessoas permanecessem vivas: desde inserir uma peça em um órgão até transplantar um rosto inteiro.

O sensor consegue interpretar as atividades humanas para determinar o que cada pessoa possa estar sentindo.

— Isso é incrível. Mas, como é que se joga isso? — perguntou Bia.

— Fácil. Os times são organizados mundialmente. Uma vez que o sensor identifica o seu lugar no planeta, ele começa a localizar pessoas na mesma sintonia. Se você estiver se sentindo corajoso, vai jogar com pessoas que estejam assim. Se for medo, do mesmo jeito. As informações chegam ao seu ouvido...

— Como assim?

— Isso eu senti, é muito estranho — falou Joca. — É como se uma onda percorresse todo o seu corpo. A voz chega um pouco metálica, mas você consegue entender o que ela diz. Acho que é uma espécie de telepatia. Eu acabei não participando de um jogo completo porque o Fred sumiu exatamente quando eu ia ter a minha chance. Estava com um pouco de medo, mas...

— E, por falar em medo, você ainda não me explicou o que era essa câmera do medo — falou a Bia, que já estava um pouco impaciente. Ela queria ouvir todas as novidades de uma vez só.

Joca explicou que o objetivo da empresa era criar parques de diversões onde as pessoas pudessem viver aventuras incríveis sem que precisasse existir qualquer tipo de estrutura gigantesca. Se alguém quisesse ir para um castelo de contos de fadas, era só entrar no cenário correto. Para isso, eles estavam criando uma série de *gadgets* que permitiriam que os jogadores se transformassem nos personagens.

— A câmera do medo é um dos primeiros aparelhos que eles criaram. Quando você olha para o que está sendo exibido, ela, na verdade, não está filmando o que você vê, mas o que o sensor quer que você veja.

Bia fez uma cara de quem não estava entendendo nada.

— Ela foi inventada para quem quisesse viver uma aventura de terror. Quando você olhasse para ela, o sensor iria mostrar num telão do tal parque de diversões a imagem do que seria o seu maior medo.

— Meu maior medo? Quer dizer então, que, aquilo que eu gravei não estava acontecendo de verdade...

— Isso — respondeu o Joca. — Era o sensor te mostrando o seu maior medo. Quem estivesse na sua sintonia também poderia captar o que você estivesse vendo. Eu nem sabia que dava para gravar. Pensei que fosse apenas uma sensação interna de cada pessoa, mas, pelo jeito, todo mundo pode ficar sabendo quais são os nossos segredos.

Bia ficou espantada. Foi por isso que sentiu aquela angústia, terror e vontade de chorar. Ela estava vendo o seu maior medo. De repente, ela olhou para o Joca e disse:

– Então, agora você sabe qual é o meu maior medo.

Ele abaixou a cabeça e disse:

– Sim. E se nós estivéssemos jogando para valer e eu quisesse ter alguma vantagem, era só me aproveitar dessa informação para te vencer.

– Mas isso é muito perigoso – disse ela. – Não quero que ninguém fique sabendo tanto assim de mim. Você vai ter que se esquecer do que viu.

– Vou tentar – riu ele. – Afinal, não é uma coisa assim tão assustadora.

Ela olhou para ele com raiva e tratou de apagar o arquivo com aquela gravação.

– Não quero que ninguém mais veja isso – disse ela. – Mas, me diga uma coisa, eu não estava usando o sensor, como é que a câmera conseguiu captar o que eu estava sentindo?

– Pois é, essa é uma falha dele. Às vezes, ele funciona como uma antena e acaba captando as sensações de quem estiver muito perto dele. Isso não deveria ter acontecido. É por isso que existem alguns sensores espalhados pelo mundo. Eles estão em fase de testes. Mas isso não é o mais importante.

– E o que é? – perguntou Bia.

– A pergunta não é por que ele captou você, mas *como* você foi captada.

– O que você quer dizer?

– Pensa comigo, a câmera do medo deveria funcionar somente em equipamentos muito modernos.

– Meu computador é de última geração! – reclamou a Bia.

– Eu sei, e era aí que eu queria chegar. Acho que essa é a primeira boa notícia desde que o Fred desapareceu e eu já tenho uma ideia do que fazer para tentar encontrá-lo.

8. UMA DECISÃO IMPORTANTE

Bia estava impressionada com tudo o que tinha ouvido de Joca. Embora ela participasse de várias redes sociais, sempre soube controlar a informação que disponibilizava para o mundo. Não gostava que as pessoas descobrissem exatamente o que ela estivesse pensando. Então, ficou bastante preocupada em saber que existia uma câmera capaz de captar os seus maiores medos.

— Você pode ficar tranquila, Bia. Eu andei pensando com mais calma e acho que o que foi mostrado não é seu maior medo.

— Como não? Eu fiquei apavorada, nem consegui ver o vídeo de novo.

— Eu sei, mas acho que aquele não era o seu maior medo, apenas um grande medo.

— E como você sabe? Nem eu consigo ter certeza. Até tenho outros medos, mas esse aí é um dos maiores.

— É isso mesmo, um dos maiores. Talvez não seja o principal porque faltou um detalhe muito importante.

— Qual? – perguntou ela torcendo para que Joca tivesse razão e que ele não tivesse visto o maior medo dela.

— O sensor precisaria estar em contato com a sua pele, só aí daria para ter certeza de toda a informação. Do jeito que está, ele é somente uma antena, como eu lhe disse. Ele pode ter captado algumas sensações suas e a imagem acabou sendo criada.

Bia Byte olhou para o sensor e começou a achar que aquele jogo poderia ser algo realmente perigoso.

— Mas o que é que está acontecendo, afinal de contas? – perguntou ela.

Joca abaixou a cabeça e disse:

— Não tenho muita certeza. Se o Fred, pelo menos, continuasse mandando mensagens…

— Joca, por que a gente simplesmente não procura a polícia e conta tudo o que está acontecendo?

— Porque a primeira coisa que eles vão querer é o sensor que eu tenho. E é somente com ele que vai dar para encontrar o Fred.

— Então, é só contar essa história para eles…

— Eles nunca vão me deixar fazer o que eu tenho que fazer.

— Fazer o quê?

Joca contou para a Bia que só havia uma maneira de encontrar o Fred: entrando no jogo, pois assim, pelo menos ele estaria participando do mesmo universo que o primo. Ele já havia pensado muito sobre isso e esperava que fosse mais fácil de entrar em contato com o Fred. Para isso, ele teria que colocar o sensor na própria pele.

— Mas, Joca, isso pode ser muito perigoso. A gente nem sabe o que aconteceu com o Fred, como é que vamos ter certeza de que não vai ser a mesma coisa com você?

— Porque, desta vez, eu vou ter alguém me monitorando, acompanhando cada passo que eu der.

— Quem? — perguntou ela fingindo que não tinha entendido aquela história direito.

— Você, Bia. Daqui mesmo do arsenal. Você só acessou a câmera do medo porque o Fred conseguiu chegar até você. Ele deve estar procurando novas formas de se comunicar com a gente.

— Não sei não. Ainda acho que deveríamos avisar a polícia, pelo menos os nossos pais.

— Você vai querer a polícia mexendo no seu computador, levando tudo embora do seu arsenal? E, depois, se eles demorarem para investigar poderá ser muito tarde para fazer qualquer coisa. Fred me avisou que ele tinha pouco tempo, que estava ficando fraco.

Ela tremeu. Não conseguia imaginar que pudesse ficar sem o seu arsenal por cinco minutos.

— Nossa, nem pensar — respondeu ela.

— Então, é isso que vai acontecer quando eles descobrirem que você viu alguma coisa estranha por aqui. E o Fred me disse que eu não poderia chamar a polícia, de jeito nenhum. Ele deve ter as suas razões. E aí, vai me ajudar?

Bia pensou em tudo o que tinha acontecido nos últimos tempos e da falta que sentia de Fred. Se aquela era a única maneira de salvar o seu amigo, ela teria que ajudar. Embora não soubesse muito bem como, estava disposta a entrar naquela aventura.

— Joca, eu te ajudo, decidi. Mas, o que é que a gente faz agora?

9. O SENSOR É ACIONADO

— Fred, adoramos sua ideia — disse o Master K, chefe todo-poderoso da GCV, Game Creative Virtuose, uma das maiores fábricas de *games* de todos os tempos.

Fred nem podia acreditar. Ainda se lembrava perfeitamente daquele momento: o dia em que seu chefe lhe disse que o projeto SENSOR tinha sido aprovado; queria que todos os seus amigos estivessem presentes. Ele, quase deixando de ser um moleque, estava com um projeto sendo aprovado pelo principal executivo da área de *games*. O chefe Valter ficou extremamente orgulhoso de seu pupilo. Fred tinha certeza de que, se não fosse por seu mestre, que sempre o apoiou, nada teria acontecido.

O mais interessante de tudo foi a velocidade com a qual o projeto tomou forma. Todo mundo falava que, na informática, as coisas andavam muito rapidamente, mas nem mesmo Fred poderia imaginar que os primeiros protótipos do sensor ficariam prontos em apenas oito meses, quase uma gestação humana.

A ideia para o sensor pareceu muito natural para ele, que queria algo que desse liberdade e que fosse, praticamente, ilimitado. A base nasceu de jogos de RPG, de que ele gostava, mas que tinha abandonado tempos atrás.

Um dia, enquanto esperava começar uma nova fase de um *game* que estava em teste, observou que o computador ia montando lentamente cada uma das partes dos personagens. Aí, ele se imaginou no lugar daquele *avatar*: como seria perceber o que ele sente, ter a força dele, poder fazer tudo o que ele faz.

Fred não ficaria mais forte ou mais rápido de uma hora para outra, mas, poderia se vestir igualzinho aos personagens que inventasse. Porém, aquilo ainda não seria suficiente, tornaria-se apenas uma fantasia. Agora, se aquela fantasia pudesse ter vida própria e se movimentar de acordo com o desejo do dono, aí sim seria legal. Fred, então, começou a esboçar um programinha que pudesse representar o que ele desejava. Passo a passo foi desenvolvendo sua ideia, lendo artigos científicos e ficando cada vez mais a par dos avanços da tecnologia.

O sensor já se formava. Depois de aprovado, uma equipe técnica passou a fazer parte do projeto e novas ideias começaram a se incorporar às originais. Empregaram-se os conhecimentos de medicina para se criar um sensor que pudesse se adaptar à pele humana.

Quando o protótipo ficou pronto, apresentaram-no em uma conferência mundial e privada, voltada apenas aos mais importantes desenvolvedores de *software* da GCV. Para testar o produto, foram escolhidas vinte pessoas, de todos os continentes. No Brasil, Fred, como não podia deixar de ser, tornou-se um dos líderes. Ele tinha poder para criar novos jogos e interferir nos outros sensores. Para acompanhar o desenvolvimento do *game* e avaliar as fases, estava o chefe Valter, que tinha sido eleito pelo voto de todos os participantes para ser o coordenador principal.

Durante o evento de apresentação, os selecionados aplicaram o sensor em seus braços simultaneamente. Fred nem podia descrever o que havia sentido. Ao colocá-lo em sua pele, sua satisfação foi enorme. Era muita tecnologia num pedaço tão pequeno de material.

Então, diante de todos os criadores da GCV, os vinte escolhidos começaram a descrever o que sentiam. Fred disse que podia compreender a língua de todas as pessoas por ali. Era como se uma corrente elétrica percorresse seu corpo e chegasse até os seus ouvidos. Aquelas ondas chegavam ao seu cérebro e eram reconhecidas como sons: quase uma telepatia moderna, avançada. A língua era traduzida simultaneamente, mas com algumas falhas: as palavras chegavam fora de ordem. Essas situações eram o que a equipe técnica buscava. Uma vez descobertos os erros, o próximo trabalho seria corrigi-los.

Então, os vinte selecionados foram conduzidos para uma sala na qual havia uma série de pequenos objetos. Coisas simples, como bolas ou pedaços de tecido. O trabalho deles era improvisar. Fred pegou uma pequena bola de pelúcia vermelha e imaginou que estivesse segurando uma bola de fogo. Lentamente, ele sentiu um calor surgir em suas mãos até o ponto de ficar insuportável. Deixou a bola cair no chão e ela, de repente, se apagou. As outras pessoas também se divertiam e logo estavam criando situações nas quais o adversário acreditava fortemente que estava sendo atacado por uma bola de fogo, por um raio, ou por qualquer outra coisa que o parceiro imaginasse. Tudo era possível. Em alguns momentos, o sensor parecia ganhar tanta força que poderia até criar sua própria realidade.

De qualquer forma, naquele momento, Fred estava muito orgulhoso por ter criado o *game* mais legal de todos os tempos, mesmo sem saber que, exatamente por causa disso, sua vida iria correr grande perigo.

10. ENTRANDO NO JOGO

Depois da conversa com Bia Byte, Joca se sentiu seguro para colocar o sensor em seu braço. Era bom ter uma aliada. Talvez Fred não gostasse daquilo, mas o garoto não teve escolha. O importante era seguir em frente.

Bia já havia sido informada de tudo o que Fred havia ensinado para Joca sobre o sensor. Ambos tinham a esperança de que, assim que Joca o colocasse, eles teriam como localizar Fred.

— Você tem mesmo certeza de que isso é o melhor que a gente pode fazer? — perguntou Bia, confirmando os passos do plano que tinham acabado de inventar. — Se quiser, ainda podemos desistir.

— De jeito nenhum!

— Bem... — disse Bia. — Vou te monitorar o tempo todo, fique tranquilo. Se você sumir, te acho facilmente. Não tem erro. Você só não pode perder os óculos — riu ela. — Lembre-se, a partir de agora eles são muito importantes.

Embora escorregassem com frequência e até pudessem cair do rosto do garoto de vez em quando, seria muito difícil que aquilo acontecesse. Joca não conseguia enxergar um palmo à frente do nariz sem os óculos. O *gadget* que eles haviam instalado neles era perfeito e seria muito difícil que algo desse errado. Joca não entendia profundamente de informática, mas adorava montar e desmontar aparelhos e, agora, essa sua habilidade havia sido muito útil. Ele, junto com Bia, descobriu o dispositivo perfeito para ajudar naquela jornada.

— Então, vamos lá — disse ele.

Joca tirou o sensor da fina película plástica que o guardava e o colocou em sua pele. De início, não percebeu nada de especial, mas, em seguida, sentiu um tremor no local em que o aplicara e pareceu-lhe que havia levado um pequeno choque.

— Você está bem? — perguntou a Bia.

— Sim. Já senti isso antes. Foi bem parecido quando eu coloquei o dedo no sensor do Fred. Quer ver? Põe a mão.

Bia encostou um dedo no sensor. Quando começou a ouvir vozes, ficou com medo.

– Nossa, que coisa estranha – disse ela. – Parece que tem um monte de gente falando.

– Mas tem mesmo – disse Joca. – Só que eu não estou conseguindo entender nada.

– E agora, o que a gente faz? – perguntou Bia.

– Esperar! Temos que aguardar e ver o que acontece. Eu nunca joguei este jogo antes, não sei o que vai acontecer. O Fred tinha me dado algumas dicas e… – Joca parou de falar de repente.

– O que foi? – perguntou Bia.

Joca percebeu que estavam calculando sua posição pelo GPS.

– Estão descobrindo onde eu estou. Acho que depois disso vou começar a fazer parte do jogo pra valer – demorou um pouco mais e, de repente, Joca compreendeu melhor as vozes. – Bia, estou entendendo o que eles falam.

– E o que é que eles estão dizendo? Eles estão te ouvindo também?

Somente ele poderia ser ouvido, pois estava com o sensor. Se a voz dela aparecesse no jogo, apenas por estar próxima do garoto, seria apenas uma estática incompreensível.

– Não vou te falar, lembra? Nenhuma dica. Trato é trato. É melhor assim, para sua segurança. Agora, cada um faz sua parte.

A garota não conseguiu esconder sua insatisfação, mas concordou.

– Tá certo – disse ela. – Então, bom jogo para você.

Joca se despediu de Bia e foi para a rua. Prestou atenção em tudo o que ouvia. As vozes eram estranhas, meio metálicas. Havia ruído e muita estática. Talvez fossem alguns dos defeitos que os cientistas ainda não tinham conseguido resolver. Então, de repente, ele percebeu que seu sensor vibrava e emitia uma tênue luz azul.

"Sensor número 556677, apresente-se aos demais jogadores. Fale seu nome."

– Joca.

"Sensor número 556677, agora seu nome é Joca. Você será direcionado para o grupo que tiver maior afinidade com suas características. Aguarde instruções."

Joca não sabia muito bem o que fazer. Viu uma praça e foi até ela. Sentou-se em um banco e ficou prestando atenção no que estava ouvindo. Eram conversas muito genéricas que se misturavam e não pareciam falar de um único assunto. Ouvia gritos, choros, risadas, sons de perseguição e variados ruídos emitidos por aparelhos eletrônicos.

E foi nessa situação, sentado, prestando atenção em todos os sons, que ele ouviu uma voz familiar, a que tanto queria.

"Joca, é você? É você que está aí?"

"Finalmente", pensou Joca, "a voz de Fred!".

II. NASCE UM MONSTRO

Quem olhasse para a praça onde Joca estava naquele momento iria achar que o garoto era maluco. Ele pulava como um louco, não dava nem para perceber se estava chorando ou sorrindo, mas, com certeza, notava-se que gritava bastante.

– Fred! Fred! Sim, sou eu. Você está bem? Onde você está?

Joca estava alegre e, ao mesmo tempo, muito frustrado, pois a voz do primo não voltava. Os mesmos ruídos retornaram, as interferências e as várias vozes desconexas. Também, de vez em quando, surgia a tal da voz da configuração que ficava fazendo testes e dizendo o que estava acontecendo: *"Estamos medindo sua temperatura e a do meio ambiente, avaliando sua localização geográfica, seu peso, sua altura, seu batimento cardíaco"*. Parecia até um exame médico.

– Fred, fale alguma coisa, por favor.

Joca ficou cerca de meia hora tentando ouvir a voz do primo novamente. Nem conseguia saber se sua própria voz estaria sendo ouvida. Após esse tempo, um silêncio brusco se fez e, de repente, a voz de Fred apareceu alta e clara.

"Joca, sou eu, percebi que você entrou. Agora, fique calmo, já melhorei. Não sei quanto tempo vou poder falar com você, mas, preste atenção. Eles vão te colocar num grupo, eu ainda não entendi qual, mas, de jeito nenhum, de maneira alguma, entre…"

Novamente a voz de Fred desapareceu. O silêncio durou alguns segundos e logo retornaram os sons desconexos. A voz anunciou:

"Avaliação concluída. Aguarde para participar de um grupo."

Joca aguardou. Pelo que se lembrava, Fred lhe dissera que essa era uma das partes mais emocionantes do jogo: ele iria saber a qual grupo pertencia. Depois, até poderia mudar, desde que evoluísse no *game*, mas aquela seria a sua porta de entrada. A avaliação determinava com que tipo de pessoas ele poderia ter um melhor relacionamento.

"O seu grupo é dos Zumbis. Você agora irá se conectar com o grupo dos Zumbis."

Joca tentou se lembrar de alguma coisa sobre os zumbis. Sabia que são mortos-vivos que adoram comer o cérebro dos humanos. Ele achou interessante, mas não pensou que fosse, realmente, sair comendo o cérebro de pessoas por aí.

"Você agora vai se juntar aos outros zumbis. Aproveite para criar agora o seu novo nome. Joca é um humano e não pode viver entre os zumbis."

Joca começou a pensar num nome para entrar no jogo, quando, de repente, sentiu um calafrio percorrer todo o seu corpo. Uma voz cavernosa soou em seus ouvidos como um estrondo. Era muito diferente da de Fred. Ele não escutou direito, mas pareceu uma ameaça. De alguma maneira, sentiu-se forte, pareceu que seu sangue começou a correr mais rápido e ele gritou:

– Não tenho medo de você!

Logo surgiram outras vozes e ele, claramente, percebeu que se tratavam de outros zumbis. Elas pareciam ter a mesma frequência da dele e eram totalmente diferentes da voz ameaçadora que ouvira.

"Diga o seu nome", insistiu a voz anterior.

Joca sentiu que os outros não iriam conseguir se relacionar com ele enquanto ele não se "transformasse" em um zumbi. Tinha que encontrar logo um novo nome. Tentou se lembrar de algum interessante, mas não conseguia pensar em nada original. Resolveu adotar um que tinha ouvido em um filme e disse:

– Kronos. Meu nome é Kronos.

As vozes começaram a se articular e logo ele ouviu:

"Kronos, cuidado. Estamos sendo atacados pelos selvagens. Eles não têm lei, mas odeiam lugares escuros. Rápido, procure um lugar escuro para se esconder."

Naquela praça, com o sol brilhando forte, Joca, ou Kronos, não percebia lugar em que pudesse se esconder. O máximo que viu foi uma sombra por entre as árvores. Correu até elas. Uma voz bem diferente se destacou: era um selvagem o ameaçando.

Joca correu para o bosque e ficou escondido nas sombras. Foi então que algo fantástico aconteceu. Começou bem levemente e, aos poucos, uma imagem se formou em sua visão lateral. Ele pensou que estivesse com algum problema, porém, lentamente, um homem furioso foi aparecendo. Estava com uma barba imensa, uma roupa de peles e uma espécie de tacape. Confuso, Joca percebeu quando o selvagem ergueu sua arma para lhe atingir. Ele, instintivamente, se abaixou e procurou um lugar mais afastado.

"Saia daí, Kronos. Fuja. Você também pode escapar para uma caverna. Eles têm medo delas. Existe uma a sudoeste."

Joca entendeu rapidamente aquela direção. Graças à sua localização pelo GPS ele podia receber instruções geográficas precisas. Quando olhou para o lugar que lhe era apontado pelos seus parceiros de jogo, Joca sorriu. A caverna não poderia ser algo mais óbvio.

Saiu correndo e já estava se preparando para entrar nela, quando, de repente, se lembrou das últimas palavras de Fred: "De maneira alguma, entre..."

Mas não deu tempo de pensar em mais nada. O selvagem apareceu em sua visão lateral novamente e, para escapar do arremesso de uma bola de fogo que vinha em sua direção, Joca correu e entrou na caverna.

12. RECADOS PARA JOCA

Bia Byte estava ansiosa, já fazia algumas horas que Joca havia colocado o sensor.

"O que será que está acontecendo?", pensou ela de olho no e-mail. A garota esperava que chegasse alguma coisa a qualquer momento.

De repente, o telefone tocou. Ela atendeu e, do outro lado, ouviu a voz da mãe do Joca.

— Olá, Bia, tudo bem com você?

Ela procurou disfarçar a voz e respondeu fingindo alegria.

— Tudo óóóóóótiimooo! E com a senhora?

— Estou bem – respondeu ela. – O Joca está aí com você?

— Não – respondeu Bia. – Ele acabou de sair.

— É que eu liguei para o celular dele e caiu na caixa postal.

Bia olhou para o celular do amigo, que estava parado em sua cama. Fred havia avisado Joca que, quando estivesse com o sensor, era melhor não carregar nenhum objeto, pois poderia perdê-lo durante a aventura.

— Ah, ele é assim, meio desligado – respondeu a Bia. – Vai ver que se esqueceu de carregar a bateria.

— Pode ser… Se ele aparecer por aí, avisa que eu liguei, tá bom?

— Pode deixar. Um beijo!

Quando Bia desligou o telefone, sentiu-se culpada. Coitada da mãe do Joca. Ela também deveria estar preocupada com o sumiço de Fred e, desde então, qualquer mudança na rotina geraria grande preocupação.

Voltou para o computador e começou a navegar à toa para controlar a ansiedade. Foi então que ouviu o sinal característico da chegada de uma mensagem. Sentiu um calafrio, pois notou que era a câmera do medo pedindo para ser acionada. Ela já havia apagado as imagens que havia gravado da outra vez e não tinha nenhuma intenção de se deparar com o que quer que aquela câmera tivesse para mostrar.

Mas a câmera insistia; o som não parava. Bia deixou o computador mudo e foi ler uma revista. A ansiedade, porém, era muito grande e ela não conseguia se concentrar em nenhuma página. Queria retornar, buscar notícias de Joca.

Então, jogou a revista de lado e foi para o computador. Tocou na tela e o pedido para acessar a *cam* estava piscando. Aceitou a conexão e, para sua surpresa, o ambiente mostrado era completamente diferente da vez anterior: uma sala bem iluminada com paredes claras.

Ela começou a pensar se aquilo seria a primeira imagem de algum medo seu, mas não se recordava de jamais ter sentido medo de ambientes claros. Ainda refletiu um pouco sobre aquilo quando se lembrou de uma coisa importante.

"Não pode ser a câmera do medo", pensou. "O sensor não está mais aqui para captar o que eu sinto. Essa deve ser uma câmera comum."

Depois que perdeu o medo de encarar a câmera, Bia se interessou ainda mais pela imagem que via. Um som surgiu e ela percebeu que uma nova mensagem havia chegado. Ela clicou.

"Bia! É o Fred. Finalmente consegui falar com você. Está ficando cada vez mais difícil de manter algum contato, estou ficando fraco. Já sei que o Joca colocou o sensor."

"E ele está bem?" – digitou Bia rapidamente.

"Estou tentando ajudá-lo, mas ele já está em um grupo fechado que eu não conheço bem. Mas, não deixe que ele entre no casulo..."

Bia achou estranho o pedido de Fred. Ele desapareceu e a câmera também desligou. Checou novamente o e-mail para ver se havia alguma mensagem diferente, mas estava tudo parado.

Ela estava inconformada. Em menos de dez minutos já tinha recebido dois recados para o Joca. Pegou o celular dele como se fosse um objeto inútil e constatou que não tinha a menor ideia de como falar com o amigo.

Pelo jeito, sem a ajuda de Fred e sem que ela pudesse falar com ele, Joca estava sozinho.

13. ATAQUE AO ZUMBI

Tudo era incrivelmente real. O selvagem atirou uma bola de fogo na direção de Joca e ele pôde sentir o calor dela passando rente ao seu rosto. O mundo virtual e o real se misturavam, porém, quando viu o que era a caverna não pôde deixar de achar engraçado: era a entrada do metrô. Correu para o interior e voltou a se sentir seguro. Pareceu-lhe que o sensor havia saído do ar, as vozes desapareceram.

Joca aproveitou para olhar ao redor e viu que as pessoas estavam levando suas vidas de forma corriqueira. Achou que ninguém por ali poderia imaginar que havia um zumbi fugindo de um selvagem que atirava bolas de fogo. Ao mesmo tempo em que Joca estava vivenciando o jogo, ele não havia perdido o contato com o mundo real. Segundo Fred, aquela era uma forma segura para que não acontecesse algo grave com o jogador, como ser atropelado, por exemplo.

Joca riu. As pessoas estavam tão acostumadas a ver outras falando pelo celular com todo tipo de aparelho, inclusive alguns presos somente aos ouvidos, que nem se incomodavam com qualquer atitude estranha de alguém.

"Kronos, agora você está seguro, mas precisa sair daí. Você está no território dos worms e eles são muito traiçoeiros. Vá para a direção que lhe será indicada e entre no primeiro trem que passar."

Joca olhou para a direção indicada e viu que eram as catracas do metrô. Ele não tinha bilhete para passar, muito menos dinheiro para adquiri-lo. Havia saído da casa de Bia Byte sem nada, trazia apenas um documento no bolso como segurança, para que fosse identificado caso lhe acontecesse alguma coisa. Estava pensando numa maneira de resolver aquele problema quando, de repente, viu que o sinal ficou livre para que ele passasse tão logo se aproximou da catraca. Percebeu que o sensor piscava uma luz no mesmo tom.

Não perdeu tempo, aproveitou a chance e foi para a plataforma esperar o trem. Estava impaciente, olhava para o túnel como se aquilo fosse fazer o trem chegar mais rapidamente. Aliviou-se quando viu uma luz vindo em sua direção, porém, era uma luz esquisita, diferente da que tinha visto de outras vezes que o trem se aproximava. Era uma luz amarela que serpenteava pelo túnel.

"Kronos, são os worms, tome cuidado. Você terá que distraí-los até que o trem chegue. Eles não entram no vagão."

Foi somente isso que ouviu. Começou a se perguntar quem seriam os *worms* e como iria se proteger deles.

Joca sentiu frio quando aquela luz amarela se aproximou. Pôde perceber que ela era criada por seres terríveis. Eram pequenos vermes voadores que emitiam uma luz fraca, mas, juntos, formavam aquela luz amarela intensa. Queriam devorar o corpo morto de Kronos, um zumbi, afinal de contas.

Joca teve medo, pois a aparência dos insetos era terrível. Um deles encostou em sua mão e lhe deu a sensação de estar sendo queimado. Olhou para o local do toque e havia ficado uma pequena marca.

O garoto caminhou pela plataforma afastando-se do túnel. Precisava ganhar tempo, mas parecia que a quantidade dos *worms* crescia cada vez mais. O que mais lhe incomodava era o frio e, instintivamente, começou a pensar em calor. Sentiu até falta da bola de fogo dos selvagens e relembrou-se do calor dela. Foi então que notou que, quanto mais pensava em calor, mais o percebia em seu corpo. E era aquilo mesmo que estava acontecendo. Uma pequena redoma laranja estava se formando ao redor dele. Alguns *worms* que encostaram nela desapareceram no ar. Joca, então, pensou em calor, em muito calor. A bolha foi ganhando força e os *worms* não conseguiam furá-la.

Entretanto, Joca sentiu uma forte corrente de ar que distraiu sua atenção. Era o trem que se aproximava. Ele ficou contente por saber que finalmente havia uma chance de escapar dali, mas, ao mesmo tempo, tinha que manter a concentração para que a redoma não se dissipasse. Parecia que durava uma eternidade, mas o trem se aproximava rapidamente.

Joca percebeu que a bolha estava sumindo e o seu pé já estava aparecendo. Os *worms* começaram a tomar conta dele, mas o garoto não sentia dor porque o tênis impedia que eles entrassem em contato com sua pele.

As pessoas na plataforma continuavam sem perceber o que estava acontecendo, mas, para Joca, era tudo real. Então, o trem parou, as portas se abriram e ele entrou no vagão. Imediatamente todos os *worms* se afastaram e, os que não conseguiram, caíram mortos.

14. NÃO ENTRE NO...

Joca respirou aliviado quando o trem partiu deixando os *worms* tomarem conta de toda a estação. O vagão não estava muito cheio e ele sentou-se em um banco para relaxar. O sensor era mesmo muito poderoso. Uma parte de Joca sabia que era apenas um jogo, mas a outra estava totalmente integrada. Ele era meio gente, meio zumbi. Porém, por alguma estranha razão, ele percebia que o zumbi estava ficando cada vez mais forte.

"Kronos, você está nos ouvindo?"

Pela primeira vez Joca ficou bravo ao ouvir aquela voz e respondeu:

– Agora eu estou, mas por que vocês me deixaram sozinho? Eu fui atacado, quase queimado vivo.

Houve um silêncio e a voz falou:

"Você havia saído do nosso campo de ação. Perdemos seu sinal."

– Mas como é que você está falando comigo agora?

"Nós conseguimos recuperar o seu sinal. Estamos em outra frequência e isso não vai acontecer de novo. Agora, preste atenção: você ainda precisa sair da caverna em segurança. Desça daqui a duas estações. É uma que fica ao ar livre, os worms não podem sair dos túneis, são confinados à escuridão."

– E o selvagem?, perguntou Joca.

"Também ficou para trás, não se preocupe com ele. Você está começando a entrar em uma zona de segurança."

– O que é isso?, perguntou Joca.

"É um local onde você poderá recarregar sua energia e ganhar novas ferramentas para prosseguir no jogo."

A cabeça de Joca estava numa confusão incrível. Já nem sabia se queria prosseguir ou não. O zumbi ganhava força a cada momento, Joca sentia que essa parte crescia e se fortalecia cada vez mais. Sua porção humana fraquejava. Porém, da mesma maneira que ele havia encontrado forças para vencer os *worms*, lutava para manter sua humanidade, parecia que era necessário que isso ocorresse.

Lembrou-se de Fred, a razão de tudo aquilo estar acontecendo. Será que ele sabia que o jogo que tinha inventado era tão poderoso? Qual seria o grupo dele? Seria ele um *worm*?

Joca estava tenso. Torcia para que Bia estivesse atenta. Ela era, afinal de contas, muito esperta e não estava sofrendo influência do sensor. Deveria estar vendo as coisas como elas realmente eram.

"Prepare-se Kronos. Você vai saltar na próxima estação."

Joca se levantou e foi até a porta. O trem havia saído do túnel e já era possível ver a luz do sol. Ele ficou imaginando se iria ter que enfrentar outro perigo.

Quando as portas do vagão se abriram, Joca se sentia mais Kronos do que nunca. Saiu na plataforma e recebeu novas instruções para que procurasse a saída do lado norte e descesse as escadas até chegar à calçada. Depois, deveria caminhar e entrar na terceira rua à esquerda.

O percurso ia ficando cada vez mais deserto. Foi então que ele ouviu, outra vez, a voz de Fred:

"Joca, você está muito perto agora. Ouça-me com atenção. Não entre no casulo. Você me ouviu? Não entre no casulo. Se você entrar, nós dois estaremos perdidos."

Uma grande interferência se deu e a voz dos zumbis voltaram:

"Kronos, não se deixe enganar por falsas mensagens. Nós conseguimos identificar que você as tem recebido... São seus inimigos."

Joca quis argumentar que Fred não era seu inimigo e que, talvez, os zumbis fossem seus reais inimigos. Mas eles voltaram a falar:

"Cuidado com os telepatas, esse grupo é terrível. Eles se passam por seus amigos, mas são apenas traidores. Não são confiáveis. Continue caminhando, você está muito perto agora."

Joca ficou confuso com aquela história de telepata. Seria Fred um deles? Com os zumbis, pelo menos, Joca tinha conseguido escapar de todos os perigos, mas Fred, ou quem dizia ser Fred, não falava coisa com coisa.

"Pronto, Kronos, você chegou ao destino."

Joca parou, olhou para o que havia diante dele e ficou muito surpreso. Era realmente um lugar incrível. Não era à toa que ele tinha emanado o calor que destruiu os *worms*. Aquele local era a fonte.

15. AS MENSAGENS CHEGAM

O plano funcionava perfeitamente. Bia sentiu um grande alívio. Ela até desconfiou que nada daria certo, mas as mensagens estavam chegando apenas com um pequeno *delay*.

Bia tinha noção de que o que ela estava fazendo era muito importante e, se tudo desse certo, teria sido parte fundamental no salvamento de Fred. De Fred e Joca, quem sabe? Fred ela já tinha certeza que estava com problemas, mas e Joca? Não havia como verificar se ele estava bem.

Ela queria dar o recado que Fred tinha lhe dado há pouco tempo, por mais estranho que fosse: "Não entre no casulo". O que seria aquilo? Para ela, casulo tinha a ver com morada de inseto, no máximo.

Quando a primeira mensagem de Joca chegou, provando que o plano deles estava funcionando, Bia ficou desapontada: "Será que vai ser tudo desse jeito? Não dá para entender nada. Assim vai ficar difícil", pensou ela. Embora não apresentasse dados importantes, a mensagem trazia, anexas, informações relevantes.

"Que sorte que eu tinha esse *gadget* no meu arsenal", pensou a garota contente com toda a tecnologia que possuía. De posse dos dados que havia recebido com a mensagem, ela teve uma ideia brilhante. Abriu outra janela no computador e procurou um mapa com as principais localizações da cidade e decidiu usá-lo como modelo para o plano dos dois.

"O que o Joca está aprontando?"

Já estava arrependida de terem combinado que o garoto não levaria nenhum meio de comunicação. Eles deveriam ter pensado, pelo menos, num sistema através do qual ela pudesse se comunicar com ele e não apenas o contrário. Quer dizer, até pensaram, mas Joca ficou com receio de que um eventual contato de Bia numa hora errada pudesse estragar todo o plano que tinham traçado. O garoto achava que aquela era a melhor decisão: somente ele poderia se comunicar.

Já fazia tanto tempo que Bia Byte estava no arsenal que se sentiu cansada e resolveu sair para beber água e ir ao banheiro. Se tivesse esperado mais um pouquinho teria, finalmente, visto a mensagem que estava aguardando.

Joca não acreditou no que viu. Era fantástico!

Ele havia chegado diante de um antigo prédio, que parecia estar em ruínas para qualquer pessoa, porém, para seus olhos de zumbi, revelava-se um edifício da mais alta tecnologia. A fachada, que foi erguida com tijolos antigos, assemelhava-se a uma construção feita com lajotas prateadas, tamanha era a luminosidade que emitia. As paredes brilhavam e as colunas destacavam-se, como em 3D, um pouco à frente do resto do prédio.

"Bem-vindo, Kronos. Você chegou ao Palácio. Aqui você vai conseguir se recarregar e descansar em segurança."

Joca continuou encantado e seguiu as instruções dos zumbis. Sentia-se relaxado a cada passo que dava prédio adentro. Recuperava suas forças.

"Joca, sou eu, Fred. Preste atenção, fique firme. Aqui eles são mais fortes do que eu".

Joca estranhou que tivesse ouvido seu nome; já estava se acostumando a ser chamado de Kronos. Aquela voz dizendo o seu velho nome o deixou perturbado.

"Joca, ainda não é muito tarde, você precisa me ouvir. Não entre no casulo, entendeu? Não entre no casulo de maneira alguma!"

O garoto ouviu claramente a última frase. Parecia que Fred havia colocado todas as suas energias para forçar o primo a ouvir seu recado. Joca escutou tudo, mas não entendeu nada. Casulo, o que seria aquilo? Não estava vendo nenhum casulo por ali.

A estática permaneceu por mais algum tempo, mas, finalmente, a voz voltou:

"Kronos, Kronos, Kronos! Bem-vindo. Kronos é seu nome, não se esqueça. Foi você mesmo quem escolheu. Aqui você é livre, ninguém vai mandar em você."

Joca ficou feliz ao ouvir aquilo. Olhou para o chão e pareceu-lhe que pisava em um caminho estrelado. Continuou em frente quando viu uma sequência de portas paralelas.

"Kronos, escolha a porta central. Você será levado ao salão principal e irá conhecer os seus amigos, todos os que lutaram para chegar aqui como você. Seja bem-vindo."

Então, a voz de Fred surgiu novamente:

"Joca, olhe para a esquerda, rápido, para a sua esquerda. Agora!"

Mas Joca não olhou. Abriu a porta determinada e entrou. Kronos nunca esteve tão forte.

17. KRONOS CHEGA EM CASA

Ao abrir a porta, Joca encontrou uma escada que levava a uma espécie de porão. As paredes estavam úmidas e o local era um pouco escuro. O garoto teria medo, mas Kronos não, pois aquele ambiente o tornava forte e veloz. Sentia-se em casa, a casa de um zumbi. Havia ansiedade por chegar a algum lugar. O próprio Joca apreciava aquele poder, a ausência de medo, o impulso, a força em si próprio. Ao chegar ao final da escada, percebeu que se tratava realmente de um porão comprido e com pé direito alto.

"Joca, isso é muito importante, estou usando todas as minhas forças. Volte, por favor, suba a escada e olhe à esquerda antes que seja muito tarde."

Ao ouvir seu nome, Joca teve a impressão de que acordara de um sonho.

"Joca, Joca, Joca. Me ouça."

Notou que havia uma grande interferência; as vozes lutavam para se fazer perceber. Porém, Joca sentiu que Kronos havia enfraquecido um pouco. Ele começou a olhar o porão com outros olhos, já não se sentia mais tão rápido.

"Joca, é o Fred!"

O garoto, então, voltou a dominar o seu corpo. Ao ouvir seu nome e o de Fred tão próximos, lembrou-se de sua verdadeira missão.

"Joca, suba a escada e olhe para a esquerda. Rápido, muito rápido!"

Sem conseguir ouvir as vozes dos zumbis, Joca voltou a ser ele mesmo. Parecia até que havia saído do jogo, mas a interferência vinha ganhando força.

– Fred? – gritou ele. – Você está aqui?

"Escada! Rápido!"

Joca voltou para a escadaria e, desta vez, ela lhe pareceu longa e muito escura, mas ele prosseguiu. Ao atingir o último degrau, a voz retornou com força.

"Kronos, falta pouco para você conseguir recarregar sua energia e partir para a grande batalha. Só está faltando você!"

A voz não parava de chamar por Kronos, porém Joca buscava energia para fazer, pelo menos, o que Fred lhe pedira.

E ele fez.

Terminou a escadaria, atravessou a porta pela qual tinha entrado, virou à esquerda e deu um grande sorriso.

Agora ele sabia quem era, definitivamente.

18. DE VOLTA AO MUNDO REAL

Um espelho! Ele estava manchado, meio quebrado, mas era um espelho. Quando Joca viu sua imagem refletida, teve um contato imediato com a realidade. Já fazia algum tempo que ele estava perdido entre vozes, imagens e sensações que iam muito além das situações que conhecia. Praticamente havia se esquecido de quem era, mas, olhando-se no espelho, percebeu que era apenas um garoto, com um cabelo curto e crespo, olhos castanhos, meio assustados, e que usava óculos.

Lembrou-se até de Bia Byte. Estaria dando tudo certo? Ele torcia para que sim. Era a única forma de se manter seguro, pois nem mesmo ele sabia onde estava.

O espelho era o seu contato com a realidade. Joca se aproximou, parecia querer tocar a si próprio. As interferências, que nunca cessaram, começaram a retornar com bastante força:

"Kronos, não faça isso. O espelho é perigoso, vai destruir você. Afaste-se dele."

Porém, não adiantava mais. Joca voltou a ter noção do que estava acontecendo. Quando colocou o sensor em sua pele, este lhe pareceu uma coisa inocente, uma simples interação com outras pessoas. Achou interessante que ele pudesse ser localizado via GPS e, desta forma, compreender línguas de qualquer parte do planeta. Mas era estranha a voz que ele vinha ouvindo. Começou a perceber que, talvez, fosse sempre a mesma, embora parecesse ser várias.

Quando se iniciaram as visões e ele passou a se sentir dentro do jogo, curtiu ainda mais aquela situação. Ter encontrado o selvagem, passar frio, calor, fugir dos *worms*... Tudo era muito intenso. Depois, habituara-se a vivenciar ainda mais o jogo, o perigo aumentava, a realidade era outra. O sensor era muito perigoso, imaginou Joca. Primeiro ele estudava o corpo da pessoa e lhe roubava as sensações. Em seguida, passava a mudar sua personalidade. Joca estava mesmo se transformando num zumbi. A tecnologia e a imaginação, juntas, não tinham limites e poderiam criar qualquer coisa.

Sentiu vontade de tirar o sensor, mas sabia que se o fizesse poderia perder o contato com Fred, que parecia estar vivo. Quando pensou nisso, teve uma dúvida.

E se o Fred que ele escutava fosse apenas outra invenção, algo irreal? Então, ele teria seguido uma pista errada durante todo esse tempo? Por outro lado, se fosse falso, por que é que ele teria lhe dado a pista do espelho? Aquilo poderia realmente terminar com o jogo.

"Joca, sou eu, Fred. Você encontrou o espelho?"

Joca apenas pensou na resposta. Percebeu que não precisava mais falar, apenas pensar seria o suficiente. Ele só não tinha certeza de quem estaria recebendo aquele seu pensamento.

Então, de repente, a voz do zumbi retornou com força total e bastante clara:

"Kronos, não se preocupe, você está salvo. Tudo correu como planejado. Logo vai voltar ao normal, mantenha a calma."

Joca achou estranho que estivessem falando com ele como se ele fosse outra pessoa. Então, para sua surpresa, de repente, o espelho se partiu em vários pedaços. Ele não conseguia mais ver a sua imagem e percebeu um vulto estranho correndo ao seu lado. Voltou a se sentir poderoso. Lembrou-se rapidamente de Bia Byte e de Fred. Só não tinha certeza se iria conseguir se recordar dele mesmo.

Bia levou um susto. Abriu a mensagem que havia acabado de receber e viu uma foto de Joca.

"Como é que ele conseguiu tirar isso?", pensou ela.

Ficou muito contente, pois era, pelo menos, uma certeza de que ele estava vivo. Abriu a foto num poderoso programa de imagens e começou a estudá-la com calma.

"Finalmente vou poder fazer alguma coisa prática", pensou ela.

A qualidade não era das melhores, mas em relação às outras que havia recebido julgou que aquela era uma verdadeira obra-prima. As anteriores mostravam árvores, parecia que ele esteve em alguma praça, depois, imagens de multidão. As mais estranhas eram as de um grande buraco negro.

Mas, agora, era o próprio Joca de corpo inteiro, um pouco sujo e com a calça rasgada. Bia deu um *zoom* no rosto dele e percebeu que ele estava assustado, com o olhar meio arregalado. A boca, um pouco esquisita, como se ele tivesse visto alguma coisa impressionante.

Ao analisar a foto, percebeu que havia outros elementos curiosos. O que lhe chamou a atenção foi uma palavra que, embora estivesse borrada, parecia escrita de trás para frente.

"Um espelho", comemorou. "Ele tirou uma foto dele mesmo diante de um espelho, que esperto!"

Ela aproximou ainda mais a palavra, provavelmente uma pichação, pois as letras eram grandes e foram escritas com algum tipo de *spray* preto. Demorou mais um pouco, mas ela conseguiu compreender cada uma das letras:

Mentalmente ela corrigiu a palavra e entendeu que era *zumbi*.

"Que esquisito", pensou.

Além do próprio Joca e da palavra zumbi, Bia conseguiu identificar no reflexo uma parede de tijolos vermelhos, que pareciam bem antigos e que poderiam estar em qualquer lugar.

A garota reuniu todas as fotos que tinha recebido nas mensagens anteriores e tentou organizá-las de alguma maneira lógica. Se tivessem chegado somente as imagens, elas não seriam muito úteis. Mas, felizmente, todo o plano que haviam criado estava funcionando muito bem. Ela vinha colocando no mapa que criara na internet todos os dados que tinha e, aos poucos, estava conseguindo entender os caminhos que Joca seguira pela cidade.

Achou curioso que ele estivesse tão longe do ponto inicial do jogo. Ficou pensando como foi que ele havia percorrido toda aquela distância em tão pouco tempo. De qualquer forma, conseguia ter uma ideia da localização dele. Se não fosse o *delay* no envio das mensagens, ela teria certeza. Isso era um problema no qual eles não haviam pensado. Se tudo acontecesse em tempo real, seria bem mais fácil.

"Joca", pensou ela. "Vou esperar por mais um sinal. Se não aparecer, vou colocar em prática a outra parte do nosso plano."

Bia olhou para o computador e viu uma foto de Fred. Sentiu o coração apertar.

"É por sua causa que estamos fazendo tudo isso!", pensou ela. "Espero que você esteja bem."

Ela verificou outra vez o mapa e sentiu que gostava muito mais de Fred do que ela mesma tinha imaginado.

Aquela espera toda já estava ficando longa demais.

Ter-se visto no espelho foi muito importante para Joca. Voltar à realidade fez com que ele se lembrasse de que tinha de procurar por Fred. Já estava ficando muito envolvido naquele jogo e o zumbi crescia imensamente.

Antes do espelho se quebrar, Joca pôde observar pelo reflexo a real situação do prédio em que estava. Teve até a impressão de que não havia tantas portas por ali, apenas duas. Não era nada parecido com a visão virtual que o sensor fornecia. Quando o espelho se partiu, porém, o mundo virtual retornou imediatamente.

Então, ele ouviu novamente a voz de Fred.

"Joca, percebi que você se desligou do sensor por alguns momentos. Isso foi bom. Guarde essa sensação, pois vai precisar dela. O sensor quer recompor tudo o que perdeu, e rápido. Ganhe forças para NÃO ENTRAR no casulo!"

Joca ia perguntar o que era o casulo, mas a estática voltou e, com ela, as vozes dos zumbis.

"Cuidado, nossos inimigos estão tentando nos atacar."

Joca nem teve tempo de pensar. Olhou para o lado e viu o selvagem com uma imensa bola de fogo para atirar em sua direção. Sem pensar muito, olhou para a porta que levava à escada. O selvagem jogou a bola de fogo. Joca sentiu o calor se aproximar, correu para a porta, entrou e fechou-a rapidamente. Estava ofegante.

"Mantenha a sensação da realidade", Joca repetia esse pensamento com frequência, para não esquecê-lo.

Tentando controlar sua mente, chegou novamente ao porão e aguardou que alguém entrasse em contato com ele, para, pelo menos, ter uma ideia do que fazer. Mas, nenhum sinal, nem mesmo de Fred.

– Olá! – gritou ele, sem ouvir qualquer resposta. – Fred! Você está me ouvindo?

A interferência ressurgiu. Joca permaneceu atento, na expectativa da voz que viria, mas só houve silêncio. Então, na parede que formava o fundo do porão, surgiu uma pequena tela azulada, parecia uma TV. Ele se aproximou e sentiu um calafrio lhe percorrer o corpo. Arrependeu-se de ter olhado para ela, mas agora era muito tarde. Lembrou-se do que havia acontecido com Bia e, talvez, a recordação fosse útil para mantê-lo em contato com a realidade, porém, aquela luz continuava a atraí-lo.

"Não, eu não quero ver isso", ele pensou.

Era a câmera do medo apresentando o mesmo tipo de imagem desfocada que ele havia visto no quarto de Bia, mas agora era muito sério, pois Joca usava o sensor. Acabaria vendo o maior medo de sua vida e não sabia se estava pronto para aquilo.

"Fred, fale comigo, me dê uma dica, por favor", pediu ele, mas o primo permanecia em silêncio.

Joca aproximou-se da imagem azulada. Pensou em tirar o sensor, mas também não tinha certeza se conseguiria. Aquilo talvez fosse a coisa mais difícil a se fazer. Ele já estava confuso sem se lembrar ao certo onde o havia colocado, já era parte de seu próprio corpo.

A imagem começou a ganhar nitidez e Joca, de repente, interessou-se pelo que estava vendo. Reconheceu o lugar que surgia na tela e não conseguia mais tirar os olhos dela. Agora sim, estava perdido.

21. A HISTÓRIA DE KRONOS

Kronos havia voltado. Foi a única forma que Joca encontrou para se proteger. O que assistira na câmera do medo o deixou realmente apavorado. Sabia exatamente como Bia Byte havia se sentido, ou até mais, já que ela não estava com o sensor quando se viu na câmera do medo, mas ele sim. Ninguém consegue ficar tranquilo depois de se encontrar com a coisa de que tem mais medo no mundo. Isso pode deixar a pessoa fraca, desnorteada. Joca tentou resistir, mas não conseguiu.

Kronos, quando surgiu, veio forte, destemido, com vontade de vencer o mundo, e Joca deixou que isso acontecesse. O zumbi não tinha medo, então era melhor que aquela parte de sua personalidade ganhasse força. Ao ceder aos poderes de Kronos, a voz voltou com força a falar com Joca.

"Kronos, agora você está pronto, forte para entrar no nosso mundo. Vou te lembrar a sua história e quem são nossos inimigos. Preste atenção."

A voz começou a contar a história de Kronos para um Joca que quase não existia mais. Kronos, como todo zumbi, apreciava a carne humana e fazia tempo que não sentia esse gosto. Lembrou-se dos selvagens que havia encontrado certa vez e que eram os seus maiores inimigos. Nunca lhe incomodou que eles fossem selvagens. O principal aspecto era que fossem seres humanos e que tivessem cérebros, só isso lhe interessava. Os selvagens odiavam os zumbis porque eles eram uma frequente ameaça à raça humana, tinham de ser destruídos a qualquer custo. Porém, era necessário tomar muito cuidado, pois se um selvagem fosse morto por um zumbi, acabaria se transformando em um deles. Por isso haviam inventado aquelas bolas de fogo. Era uma das poucas maneiras de exterminar um zumbi sem se aproximar: incendiando-o.

Um grande ataque estava sendo preparado e, agora, Kronos já sabia disso. Bastava entrar no casulo, que era um local seguro e indestrutível, para começar também a transmitir mensagens do tipo que recebia. O palácio era um centro de irradiação dos pensamentos. O que ele pensasse atingiria quem estivesse no exterior. E os zumbis eram seres que pensavam somente numa coisa: destruir os humanos.

Kronos andou pelo porão procurando uma saída. Sabia que a força dos zumbis estava por ali e era muito grande. Andou pelos quatro cantos do porão, mas não encontrou nada. Resolveu ficar quieto para escutar o que os outros conversavam e descobriu que a resposta estava no alto.

Olhou para cima e viu que havia um buraco circular no teto do porão. Deu um salto e agarrou uma escada que pendia dele. Começou a subir, espremendo-se. Seu corpo passava com dificuldade pelo espaço, mas prosseguiu. Notou que, mais acima, havia luzes e tratou de escalar com maior velocidade.

Kronos sentiu sua mão sair do buraco. Era como se estivesse saindo de sua cova. Lembrava-se da sensação. Havia sido enterrado vivo. Ele era ministro de um poderoso rei e guardava vários segredos importantes. Um dia, foi capturado por ladrões que pretendiam matar o monarca e queriam que Kronos revelasse todos os assuntos da vigilância do palácio. Ele se negou e, por causa disso, cortaram sua garganta e o enterraram semi-vivo numa cova em um cemitério abandonado. Isso aconteceu numa noite de lua cheia, quando os zumbis estavam se preparando para sair do cemitério. Ao sentirem o cheiro de sangue, eles atacaram não apenas Kronos como também os bandidos que haviam tentado matá-lo. Todos se transformaram em zumbis. Kronos era o único que estava numa cova e se lembrava de como foi difícil sair dela. Suas mãos pareciam não ter força; ele sentia uma fome terrível e muito ódio. Suas roupas haviam sido rasgadas, sua cabeça destruída pelos dentes dos outros zumbis. Ele queria vingança. Conseguiu sair do túmulo e, desde então, se esforçava para ser o mais forte de todos.

Quando sentiu que a escada terminava e que metade do seu corpo já havia saído do buraco, Kronos percebeu que sua missão estava apenas começando.

22. O CASULO

Kronos deu um último impulso e saiu em uma sala moderna de visual limpo e claro, diferente do ambiente do porão em que estava e que, aliás, preferia.

Voltou a ouvir as vozes.

"Bem-vindo, Kronos, esta é sua casa, estávamos todos esperando por você."

Kronos não entendeu exatamente quem seriam os "todos", afinal, não havia ninguém por ali. Andou pelo espaço, mas não encontrou nada de especial.

"Tenha foco, Kronos. Deixe sua mente limpa. Lembre-se: zumbis não pensam, agem. Trate de abandonar o passado."

A voz tinha razão. Kronos sabia que era da natureza dos zumbis agir sem pensar, fixos em seu objetivo, sempre. Isso os tornava fortes, além da certeza de que se desaparecesse um, outros viriam em seu lugar. Era uma raça indestrutível.

Kronos esvaziou sua mente e, quanto mais isso acontecia, mais ele deixava de pensar em questões como o que estava fazendo ali, de onde viera, como iria prosseguir. Aos poucos a sala foi ganhando outro aspecto. Surgiram computadores, telas gigantes e uma parafernália imensa; entretanto, o que mais impressionava eram grandes cabines de vidro, transparentes, parecendo casulos de insetos. Pareceu-lhe que em cada uma delas havia alguma coisa.

Ele se aproximou e notou que eram seres como ele, zumbis que repousavam tranquilamente. Cada um estava em uma missão em alguma parte do mundo, ditando ordens ou escapando de inimigos. Kronos ouvia as vozes claramente.

"Foram vocês que me trouxeram até aqui?", perguntou ele.

De repente, um tremor percorreu todo o seu corpo e ele sentiu que a resposta vinha exatamente do casulo que estava ao seu lado.

"Sim, você precisa se juntar a nós. É a última força que precisávamos para terminar o nosso plano de conquistar o mundo."

"Eu quero", disse Kronos. "Quero participar e dominar o mundo."

"Sim, Kronos, isso será muito fácil. Olhe para sua esquerda e você encontrará o que lhe espera."

Kronos olhou para o local que lhe indicaram e ficou surpreso. Havia um casulo vazio, com a porta aberta.

"Entre nele para recarregar suas energias e fazer parte do nosso verdadeiro mundo, Kronos."

Ele estava maravilhado, sentia-se poderoso como nunca. Aproximou-se de seu casulo e abaixou-se um pouco para tentar entrar, sem saber que esse pequeno gesto iria causar a sua destruição.

23. AGORA A CULPA É SOMENTE MINHA!

Bia Byte resolveu tomar uma atitude. Ela esteve o tempo todo em dúvida sobre o que fazer, pois, em razão do *delay*, não podia ter certeza do local em que Joca estava. Porém, já fazia algum tempo que as mensagens que chegavam mostravam sempre o mesmo lugar. Embora fosse meio escura e difícil de identificar, a localização não sofria nenhum tipo de grande mudança.

Era hora de avisar alguém e foi isso que ela fez após conferir o mapa que havia feito e se certificar de que estava tudo correto. Não tinha nenhuma dúvida de que teria muita coisa para explicar. Chamou sua mãe ao seu quarto e contou a história.

— Como é que é, minha filha? Você *sabe* onde o menino desaparecido está?

— Sim, mãe, eu sei.

— Mas… — a mãe começou a ouvir a história de maneira incrédula. — Aconteceu tudo isso e só agora você me fala?!

Bia percebeu que a mãe estava nervosa.

— Mãe, eu sei que você está brava, mas agora a gente não tem muito tempo. Desde que essa história começou é a primeira vez que ele está parado em um lugar só. Tenho medo de que ele saia de novo.

— Ele quem, o menino que sumiu?

Bia tinha contado a história de um jeito que parecia que era o Fred quem tinha andado pela cidade. Quando sua mãe descobriu um pouco mais da verdade, aí ficou enfurecida.

— O quê? Quer dizer que o Joca também está envolvido nessa história? Você me disse que ele tinha ido para casa, eu avisei a mãe dele que…

— Eu sei, eu sei, depois você briga comigo, mas agora a gente precisa fazer alguma coisa.

— A gente não! — repreendeu a mãe. — A polícia. Você não vai sair deste quarto.

Agora era a vez de Bia ficar nervosa.

— Mãe, eu preciso sair. Tenho que levar a polícia até onde o Joca está.

– Beatriz, você me escute! O que a senhora e seu amigo fizeram foi muito grave. E se ele também estiver correndo algum perigo? Já não bastava um? Se vocês sabiam de alguma coisa, tinham a *obrigação* de avisar a mim ou aos pais do garoto que sumiu. Isso não está certo. Espero que não tenha acontecido nada ao Joca, porque se aconteceu...

A mãe saiu do quarto deixando aquela frase no ar. Bia sentiu toda a responsabilidade cair sobre ela. Ficou muito nervosa. Ideias terríveis começaram a passar por sua cabeça e ela concluiu que, talvez, tivesse ido mesmo longe demais. A pior de todas foi imaginar que o fato de as imagens recebidas mostrarem sempre o mesmo lugar não significava que Joca e Fred estivessem bem, mas, muito pelo contrário, que alguém poderia ter descoberto todo o plano e dado um jeito de fazer com que as imagens permanecessem estáticas para enganar a polícia ou quem quer que eles achassem que as estivessem recebendo.

Bia realmente receava que os amigos corressem sério perigo. De que adiantava tanta tecnologia, se não se podia ter certeza da segurança das pessoas? A garota olhou para o computador e chorou.

24. A VISÃO EMBAÇADA

Joca retornou e levou um susto. Pareceu-lhe que estivera fora do mundo por muito tempo.

"O que está acontecendo?", pensou ele quando se viu em um lugar que não conhecia. Para piorar, não estava enxergando direito. "O que os meus óculos estão fazendo no chão?"

Pegou seus óculos e, quando ia colocá-los, ouviu claramente a voz de Fred.

"Joca, aqui é o Fred. Não coloque os óculos, depois eu te explico, mas não faça isso."

Joca estranhou aquele pedido, pois sem seus óculos não enxergava quase nada, ficava tudo embaçado.

"Você só pode estar brincando" pensou ele ao ter os óculos em suas mãos.

"Eu não estou brincando. Foi um golpe de sorte. Agora, vire-se à esquerda e venha até mim. Preciso que você me tire daqui."

"Tirar de onde?", pensou Joca. Sem os óculos tudo ficava muito difícil. Ele não conseguia ver as coisas direito e isso afetava seu racio-cínio, mas resolveu fazer o que o primo lhe pediu. Colocou os óculos no bolso da camisa. Apertava os olhos para tentar melhorar a visão. Percebeu que estava em um grande salão com alguns compartimentos de vidro. Aproximou-se de um deles e levou um grande susto: havia uma pessoa dentro.

"Será que está morta?"

Joca observou com mais calma e viu que a pessoa estava respi-rando. Era um rapaz jovem, mais ou menos da idade dele e parecia estar adormecido. Afastou-se e continuou andando na direção que Fred havia indicado. Observou que dentro de cada urna repousava alguém.

"Fred, que lugar é este?", perguntou Joca.

"Depois eu te explico tudo. Agora, o importante é que você me ajude a sair de onde estou, e rápido."

Joca ouvia claramente a voz de Fred, mas não conseguia localizá-lo. Estava se esforçando e olhava dentro de cada um daqueles compartimentos de vidro, mas não reconhecia o primo. As pessoas que repousavam eram de todos os tipos possíveis: havia jovens, velhos, crianças, orientais, negros, brancos, ruivos.

"Kronos! Kronos!"

Joca reconheceu a voz do jogo. Estavam chamando o nome de seu personagem.

"Kronos, me ouça, estamos tentando trazer você de volta. Fique calmo, está tudo bem, fique tranquilo, vamos corrigir o problema a qualquer minuto. Você vai voltar logo ao jogo."

O jogo, o jogo. Joca estava cansado dele. Só não retirava o sensor por temer perder o contato com Fred. Sentia uma enorme vontade de colocar os óculos. Ficar sem eles era como estar totalmente indefeso, porém, Joca continuava seguindo o conselho de Fred.

"Kronos, você está bem?"

A voz voltou, cada vez com menos interferência. Quanto mais o ruído diminuía, maior era a vontade de Joca de retornar ao *game*.

"Preciso encontrar Fred", pensou ele. "Cara, me fala onde você está, por favor! Não consigo te achar."

Bastou pensar isso para que ele visse, ao longe, um cilindro ligeiramente diferente dos demais. Joca se aproximou, pois pressentia que havia algo importante por ali. Ele quase se esqueceu de que não enxergava direito e acelerou o passo. Quando chegou bem perto, não teve mais nenhuma dúvida. Um grande sorriso surgiu em seu rosto e ele pensou: "Fred, te encontrei!".

Ao ver Fred, uma sensação de alívio e alegria tomou conta de Joca. Seu amigo repousava na mesma posição que as outras pessoas, apenas parecia mais magro. Joca tentou falar com ele, mas Fred não respondeu. Ouviu, outra vez, a voz dos zumbis:

"Kronos, você está entre seus amigos. Aqui você está seguro. Fique tranquilo, não há nenhum problema."

"Como assim não há nenhum problema?", pensou Joca. "Meu primo está aqui deitado, todo mundo pensa que ele sumiu. Por que é que ele não sai daqui?"

A voz voltou, não se alterava, insistia para que ele ficasse calmo, que estava tudo certo.

"Quem é você? Onde você está?", perguntou Joca.

"Eu não sou alguém, somos todos nós, juntos, que estamos aqui. Só falta você, Kronos, para que o trabalho fique completo."

"Que trabalho?"

"O grande jogo. O maior jogo do mundo. Juntos criaremos uma grande força. Todos com a mesma missão."

"E que missão é essa?"

Joca sentiu que o sensor tentava identificá-lo como se aquela fosse a primeira vez que ele o tivesse colocado. Ouviu novamente a confusão de vozes e o arrepio como se uma delicada corrente elétrica percorresse seu corpo.

"Kronos, você já estará de volta ao jogo, em breve. Apenas mantenha a calma."

Joca voltou a sentir o poder de Kronos. Sua força começava a retornar ao seu corpo, até mesmo sua visão parecia normalizar, mesmo sem os óculos.

"Joca" – disse Fred com a voz muito fraca. – "É agora, tire o seu sensor".

O garoto estranhou aquele pedido. Um milhão de pensamentos lhe passaram pela cabeça. Se tirasse o sensor não ouviria mais a voz de Fred nem a dos zumbis. Perderia o contato com Kronos que, para o bem e para o mal, começava a agradá-lo. Tinha gostado das aventuras, das sensações, de fazer parte de um grupo e, principalmente, do jogo. A sensação de ter inimigos por todos os lados querendo atacá-lo e ter de escapar deles era muito legal. Como era um jogo, não achou que pudesse correr qualquer perigo verdadeiro. Havia escapado com sucesso de todas as provas e sabe-se lá quantas outras viriam. Sentia que, a qualquer momento, iria ouvir novamente a voz dos zumbis lhe dando alguma tarefa. De repente, olhou para o lado e viu que havia um casulo com a tampa aberta e vazio. Lembrou-se de Fred dizendo que ele não deveria entrar no casulo, mas por quê?

Observou as outras pessoas e nenhuma delas parecia estar sofrendo. Quem sabe o que poderia acontecer se ele entrasse no que estava aberto? Só faltava aquele para ser preenchido. Era seu, com certeza.

"Kronos, falta pouco, nosso contato já está sendo refeito. Precisamos da sua ajuda."

Ouvir a voz dos zumbis foi importante para a decisão que ele iria tomar. Agora Joca tinha certeza do que fazer. Andou em direção ao seu casulo sentindo que Kronos estava vivo e, em breve, mais forte do que nunca.

26. UM LOCAL ABANDONADO

– Como é que é essa história? – perguntou o investigador para Bia. – Um sensor que é um videogame? Nunca ouvi falar disso.

Quando a mãe de Bia contou para a família de Fred tudo o que sabia, eles rapidamente decidiram que o melhor a fazer era uma reunião com a presença da polícia para resolver aquela situação.

– Sim, é isso mesmo – respondeu Bia demonstrando urgência. – Sei que parece incrível, mas era um projeto secreto com poucas pessoas envolvidas.

O homem se virou para o pai de Fred e perguntou:

– O senhor tinha conhecimento de que seu filho estava envolvido em projetos secretos?

O pai de Fred abaixou a cabeça, olhou para a esposa com o canto dos olhos e disse:

– Mais ou menos – respondeu ele. – A gente sabe que essas indústrias de tecnologia são cheias de segredos, mas eu não achava que isso pudesse ser perigoso.

O investigador abaixou a cabeça lembrando-se de vários casos que conhecia em que algumas empresas eram capazes de qualquer coisa para obter os segredos industriais de seus concorrentes. Essas histórias raramente acabavam bem. Havia casos de sequestro e até morte.

A mãe de Fred chorava. Estava alegre por saber que o filho havia mandado notícias, furiosa porque não havia sido comunicada e triste porque não estava com ele em seus braços.

Bia tinha a sensação de que ela era a única pessoa razoável por ali. Joca estava certo e Fred também. A burocracia era imensa, talvez nunca tivessem começado a história se tivessem falado com os adultos em primeiro lugar.

– Nós estamos perdendo tempo – tentou a garota novamente. – Temos que fazer alguma coisa.

– Calma… – disse o investigador. – Precisamos entender melhor o caso para não colocarmos os garotos em perigo.

A situação era mesmo muito delicada. Ninguém podia afirmar que se tratava de um sequestro, pois não havia sido pedido resgate.

O assunto ainda era tratado como um desaparecimento. Para piorar, não era apenas um garoto, eram dois e também duas famílias em pânico exigindo que a polícia tomasse uma atitude. O investigador continuava cauteloso. Bia era a única pessoa que oferecia pistas concretas. A história era toda meio maluca, mas ela mostrava fotos, informações e, principalmente, um mapa.

— Mas eu conheço essa região da cidade — disse o homem finalmente. — Não há nada por ali. Somente as ruínas de um antigo prédio do corpo de bombeiros. Foi abandonado depois que construíram um novo. Acho que a área está até interditada porque é uma região perigosa.

— Então, mais uma razão para ser um bom esconderijo. Ninguém iria procurar nada por lá. — respondeu Bia.

O investigador olhou para o mapa e decidiu:

— Vou pedir para um grupo se mover para a região com cuidado. Vamos cercar a área. Se alguém estiver tentando se esconder por ali, nós descobriremos.

Bia respirou fundo. Esperava que tivesse tomado a decisão correta para que não colocasse os garotos em outro perigo ainda maior.

Joca se aproximou do casulo que estava aberto e que, certamente, aguardava por Kronos. Ao caminhar, notou que todas as outras pessoas que repousavam pareciam descansar tranquilamente. Apenas percebia inquietude em Fred. Havia algo de errado por ali. Se tudo estivesse realmente normal, seu primo não teria pedido para ser libertado. Joca juntou todas as suas forças, sua humanidade e tentou ignorar a voz que tornava Kronos cada vez mais forte.

"Isso, você está no caminho certo, Kronos..."

Joca aproximou-se do casulo, viu a tampa de vidro que permanecia aberta. Esticou seus braços e, rapidamente, puxou-a para baixo lacrando o casulo. A voz do outro lado desesperou-se.

"Não, Kronos, o que você está fazendo? Mantenha-se calmo. Nós ainda podemos..."

Joca não queria perder mais tempo. Ao fechar o casulo, Kronos começou a sumir e o garoto decidiu acabar com aquilo de uma vez. Passou a mão pelo braço, mas não sentiu nada.

"Joca, rápido, não estou aguentando mais", pediu Fred.

Joca insistiu, deslizou novamente a mão pelo braço e encontrou o sensor. Sim, era ele, parecia agora um pedaço de sua própria pele, estava na mesma temperatura e com a mesma textura. Não era à toa que tinha sido tão difícil localizá-lo. Joca havia ficado tão envolvido no jogo que já tinha até se esquecido da razão pela qual havia entrado nele. Ele nunca esperou que Kronos surgisse tão forte e que tudo aquilo o desviasse do real propósito de salvar o amigo.

O garoto puxou bruscamente o sensor de sua pele. Teve a sensação de que arrancara um pedaço de si mesmo. Primeiro, veio uma queimação e, em seguida, uma tontura, que o fez cair no chão. Joca percebeu que ainda segurava o sensor, que insistia em penetrar sua mão. Desta vez, atirou-o o mais longe que pôde.

Sua cabeça doía e sua visão estava estranha. Era como se tivesse olhado para o sol durante um longo tempo. Havia pontos de luz por toda parte. Não ouvia mais vozes, apenas restara o silêncio e um leve ruído de máquinas. Ergueu a cabeça e percebeu que estava numa sala comprida, já não era mais tão bonita quanto o sensor lhe mostrava, mas ainda era moderna. Havia várias máquinas e aparelhos eletrônicos.

De volta ao mundo real, Joca percebeu que as coisas eram mais objetivas do que a percepção do sensor sugeria. Não eram todos zumbis, como lhe pareceu há pouco. Tudo tinha uma dimensão verdadeira, podia tocar nos elementos. No mundo virtual, o volume dos objetos era diferente, sempre lhe pareceu que as coisas eram voláteis, que poderiam sumir no ar a qualquer momento.

Retornou ao casulo de Fred e percebeu que havia uma maneira de abri-lo. Não existia cadeado, trava ou qualquer outra coisa parecida, apenas um painel eletrônico cheio de números.

Logo lhe veio à cabeça o arsenal da Bia Byte lotado de aparelhos e visores. Claramente era um visor que pedia uma senha. Ele precisava de uma, não parecia haver outro modo de abrir o casulo, mas, como descobrir aquela senha? Ele digitou alguns números como a data de aniversário de Fred, mas não adiantou. Ficou frustrado. Foi então que, de repente, percebeu que não estava mais sozinho na sala.

Olhou para trás e sentiu medo, sua visão estava embaçada. Um homem caminhava em direção a ele, era terrível, parecia... parecia... Joca tentou imaginar que estivesse sonhando, mas nem mesmo estava com o sensor. O homem parecia um zumbi e se aproximava cada vez mais rápido.

28. UMA GRANDE SURPRESA

Joca sentiu que precisava se proteger. Não encontrando nada por perto, julgou que a única coisa que poderia fazer era colocar os seus óculos de volta. Pelo menos iria enxergar direito. Retirou os óculos do bolso e, rapidamente, os colocou no rosto. Pôde ver com clareza o ser que se aproximava e, para sua surpresa, reconheceu o homem.

– Chefe Valter, o senhor está vivo! – Joca reconheceu o homem, pois Fred já havia lhe mostrado várias fotografias de seu querido mentor.

O homem parou de correr, levou um susto quando percebeu que o garoto o conhecia.

– Você me conhece? – perguntou ele.

– Sim – respondeu Joca. – Seu rosto está estampado em vários jornais, revistas. Desde que o senhor desapareceu…

– Pode deixar – disse ele. – Sei muito bem o que estão falando por aí, do meu "desaparecimento"… – Joca estranhou a maneira como ele falou sobre a situação em que se encontravam. Ele não parecia estar muito preocupado com isso. – O que me interessa agora é saber se você está bem de saúde.

Joca agradeceu a preocupação, mas, rapidamente retornou ao seu primo.

– Por favor, me ajude a tirar o Fred daqui, acho que ele não está passando bem.

O chefe se aproximou do casulo sem nem mesmo olhar para ele, encarou Joca e disse:

– Por que você acha isso? Ele não me parece estar passando mal – o chefe colocou a mão no ombro de Joca, que sentiu um calafrio. – Olhe só para o rosto dele, veja como ele está tranquilo, calmo.

– Não tenho tanta certeza. Ele me pediu para sair daí.

– Pediu? – perguntou o chefe.

– Sim, ele me pediu várias vezes. Acho que foi por isso que eu vim até aqui.

O chefe escutava com atenção cada palavra de Joca. Parecia procurar uma maneira especial de conversar com o garoto.

– Estranho – respondeu o chefe. – Veja só – continuou ele, afastando Joca de Fred e levando-o para os outros casulos. – Todos parecem estar contentes. Alguém mais te pediu para sair daqui?

Joca não sabia o que pensar. Não estava entendendo o que acontecia. Sentiu até mesmo falta do sensor. Com ele, pelo menos, manteria contato com o primo.

– Eu mesmo gosto muito de ficar por aqui – disse o chefe.

– Como assim? – perguntou Joca. – Está todo mundo procurando pelo senhor. Talvez seja melhor voltar e...

– Mas eu *quero* que o mundo pense que eu estou desaparecido – respondeu ele. – Assim, fica mais fácil para eu continuar o meu trabalho. Responda uma coisa.

– O quê? – perguntou Fred.

– Foi difícil chegar até aqui? Alguém te obrigou? Você está vendo alguma coisa perigosa?

Joca pensou e respondeu:

– A gente não podia soltar o Fred e, depois, sei lá, conversava sobre isso?

– Ele não iria gostar disso, pode acreditar em mim. Fique tranquilo, ele está bem. Não foi divertido chegar até aqui?

Joca ouvia o que o homem lhe falava, numa voz sempre calma e aquilo, de certa maneira, o tranquilizava. Realmente não parecia haver perigo algum. Era um lugar amplo, as pessoas repousavam sem preocupação. Joca se lembrou de tudo o que passou para chegar até ali e, realmente, ninguém o havia obrigado a fazer nada. Ele até se divertiu bastante desde o momento em que colocou o sensor. Lembrava-se da sensação de pertencer a um grupo que tinha um objetivo e de todo o poder que havia adquirido.

– Sim – disse Joca.

– Sim, o quê? – perguntou o chefe.

– Gostei de chegar até aqui, mas isso só aconteceu por causa do sensor. Agora que não estou mais com ele, não sei que lugar é este nem o que estou fazendo aqui.

O chefe sorriu:

– O sensor é o videogame mais incrível que alguém já criou. Foi graças ao Fred que chegamos até ele e eu não acho justo interromper a brincadeira logo agora. Você não sente falta do seu sensor?

Joca quis dizer que sim, mas já estava ficando muito incomodado com aquela situação.

– Vi que você o atirou em algum lugar, mas eu sei como localizá-lo, veja só. O meu sensor consegue achá-lo novamente, e bem rápido, basta você me falar que é isso que deseja.

– Não sei se quero, é um pouco assustador– respondeu Joca.

O chefe riu novamente.

– Não há nada de assustador nele. Talvez você tenha entrado num jogo de terror, mas, se você quiser, pode fazer parte de qualquer outra aventura. Bem, eu vou te ajudar. Vou lhe contar uma história e você vai entender melhor o que está acontecendo por aqui. Assim, você vai ficar mais tranquilo e vai querer voltar para o nosso jogo.

29. QUERO ENTRAR NO CASULO

– Fred é um rapaz muito inteligente – disse o chefe. – E o que ele está fazendo agora é fundamental.

Joca olhou para o chefe querendo saber o que é que seu primo estaria fazendo de tão importante e ele explicou que a parte mais difícil para se lançar um produto era a fase de testes. Era nesse momento em que se avaliavam todas as suas possibilidades e se ele teria potencial de agradar ao público.

– Mas… – disse o Joca. – O Fred só tinha me contado do sensor. Ele nunca me falou nada desses casulos. Todo mundo vai precisar de um para jogar?

– Não – disse o chefe. – Isto que você está vendo é uma fase muito avançada do jogo. Lembra-se das vozes que você ouvia? Então, elas saem daqui.

– Como assim?

– Cada pessoa que está num desses casulos é um líder de seu grupo – o chefe caminhou pelo espaço e apresentou cada pessoa para Joca. – Esta é a Elisabeth, a rainha das fadas. O jogo dela é todo de fantasia. Achamos que as crianças vão gostar muito. Aqui temos o John, ele já foi soldado e lutou em algumas guerras de verdade e, por isso, é o líder de um grande jogo estratégico. Temos também o Chang, mestre do xadrez. Um tio dele já foi campeão mundial de xadrez e ensinou tudo para ele… – e o chefe foi mostrando cada uma das vinte pessoas que estavam ali.

– Este é o Xavier. Ele é o líder dos selvagens.

O Xavier não se parecia com o ser que tentou atacá-lo quando estava no jogo, porém, olhando para ele, teve vontade de saber uma coisa.

– Eu era um dos zumbis. Quem é o líder deles?

O chefe sorriu.

– Sou eu! – disse ele. – Quando cheguei aqui encontrei a palavra *zumbi* pichada em uma parede e isso me sugeriu o nome para um grupo que poderia ser muito interessante. Fui eu que ajudei Kronos a chegar até aqui. E, veja bem, eu senti que Kronos tinha todo o perfil para ser um líder. Não posso mais ficar tomando conta de um grupo. Preciso coordenar toda a operação. Quando comecei a te guiar, achei que você tinha todas as condições de ser um dos nossos líderes.

— Eu??? — tremeu Joca. — Acho que eu não ia gostar de ficar dentro desse casulo.

— Não há nenhum perigo — riu o chefe. — Basta colocar o sensor e deixar o seu personagem dominar você. Como Kronos, você poderá guiar vários grupos por toda a parte, quando e como você quiser. Inventar o seu jogo, suas regras. Diversão permanente.

— Mas eu vou ter que ficar preso aí para sempre?

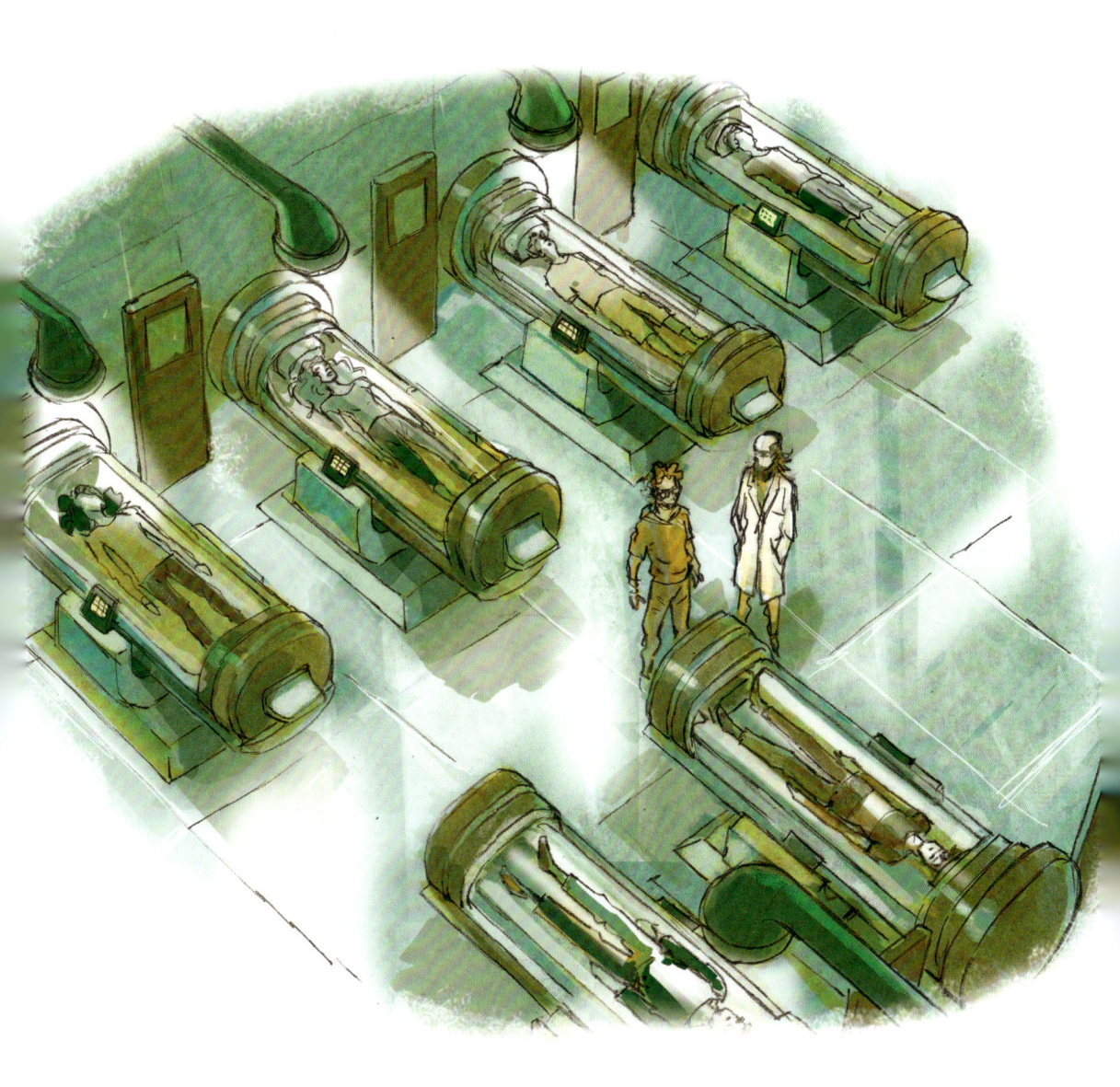

O chefe ria quando lhe era feita alguma pergunta mais difícil. Ele sempre se esforçava para deixar o ambiente calmo e agradável.

– Claro que não. Você poderá sair no momento que quiser e deixar outra pessoa liderar o jogo, mas, por enquanto, será necessário ficar um tempo maior para fazer o teste, se juntar aos outros. Como você vê, só há um casulo vago, exatamente esse que você fechou.

– Eu quebrei alguma coisa? – perguntou Joca.

– Não – respondeu o chefe. – Mas foi por causa disso que eu tive que sair da sala de controle e vir até aqui. Se quiser eu mostro todo o comando para você.

Joca não queria ir para lugar nenhum depois de toda a dificuldade que passou para encontrar o primo. Só sairia dali com ele.

– O senhor me falou de todos os casulos, menos o de Fred. Quem é que ele está liderando?

– Ele ainda está em dúvida – riu o chefe. – Ele é muito poderoso, como você pode imaginar. Ele criou o jogo, então, ele é um grande alvo. Todos por aqui querem jogar contra ele, vencê-lo. Mas, é claro, isso é muito difícil.

– É por isso que ele não pode deixar o casulo?

– Isso mesmo – respondeu o chefe. – É claro que ele pode sair quando quiser, mas sabe que é importante permanecer testando o jogo.

– Se eu aceitar me tornar Kronos novamente, eu vou fazer a mesma coisa: jogar contra ele, é isso?

– Sim, claro.

– E se eu quiser sair do jogo?

– Basta dizer ao sensor – disse o chefe. – Ele vai abrir o casulo imediatamente e você ficará livre.

Joca sabia que alguma coisa por ali estava imensamente errada. Se fosse assim tão fácil, Fred já teria pedido para sair, simplesmente. Joca também se lembrava de que ele lhe havia dito para não entrar no casulo de jeito nenhum. O garoto olhou para o chefe e disse:

– O senhor me convenceu. Eu quero entrar no casulo!

30. AGORA É COM VOCÊ

Tão logo Joca concordou em entrar no casulo, o chefe acionou o seu sensor para localizar o que o garoto havia desprezado. Foi uma operação muito rápida, não houve barulhos ou sinais luminosos de avisos. Ele apenas pensou em localizá-lo e a coordenada exata lhe foi enviada. A olho nu seria quase impossível encontrar aquela película tão fina perdida no chão.

– Aqui está – disse ele sorridente. – Aposto que este sensor já estava sentindo falta de você.

Joca o pegou com a ponta dos dedos. Percebeu que o chefe se esforçava para esconder sua expectativa.

– Agora, é só você ir para o seu casulo. Todos devem estar ansiosos para ver as novidades que você vai trazer para o jogo. Kronos era um personagem muito forte.

Joca caminhou lentamente observando o espaço. Ainda não havia colocado o sensor em seu braço, apenas o intercalava entre os dedos de forma que não ficasse muito tempo em contato com a sua pele. Mesmo assim, já era capaz de sentir algumas das sensações que ele provocava.

Aproximou-se do casulo que seria destinado a ele, e este já estava aberto novamente. Não lhe pareceu um lugar desconfortável, porém, não conseguia ter certeza se aquela era a sensação real ou se já sofria influência do sensor. A única certeza que o garoto alimentava era que aquela poderia ser a sua chance de se libertar e de libertar também o primo. Joca, finalmente, segurou o sensor entre os dedos e pensou com força.

"Fred, agora é com você."

– Pode ficar tranquilo, está tudo correndo bem – disse o chefe ao perceber que o garoto mostrava alguma indecisão.

– Eu estou bem tranquilo – respondeu Joca.

O garoto, então, deu uma olhada ao redor. Percebeu que uma gota de suor se formava na testa do chefe. O homem procurava disfarçar, mas já começava a demonstrar que estava muito nervoso.

Joca se aproximou de seu casulo, sorriu para o homem, e, rapidamente, atirou o sensor para dentro dele. Em seguida, abaixou a tampa que, imediatamente, se travou.

O chefe deu um grito e, de repente, toda a calma que ele aparentava, desapareceu.

– O que foi que você fez?

O garoto se afastou enquanto o chefe tentava, inutilmente, erguer a tampa do casulo. Tão logo ela se fechou, um visor luminoso se acendeu, idêntico ao que havia no de Fred, e o homem tentava, sem sucesso, abri-lo digitando diferentes senhas.

Joca percebeu que alguma coisa muito séria estava acontecendo. Os casulos começaram a tremer, diferentes ruídos surgiram no local, pareciam máquinas rangendo. O chefe continuava tentando abrir o casulo lacrado, mas não havia como.

Então, de repente, a tampa de um deles se abriu. Era o de Elisabeth, a rainha das fadas. Joca observou que a menina se ergueu parecendo assustada.

– *Help!* – gritou ela.

Joca correu em direção à garota e a ajudou a sair do casulo. O chefe viu aquilo acontecer e tentou recuperar a calma. Forçou-se a parecer controlado pedindo à menina que retornasse às suas atividades, mas sua própria concentração estava falhando e ele não conseguiu controlar Elisabeth.

Então, um a um, cada um dos casulos ergueu sua tampa libertando todas as pessoas, que se levantavam atordoadas. A primeira coisa que Joca fazia, quando as tirava do casulo, era arrancar-lhes o sensor e, da mesma maneira que fizera com o seu, atirava-os de volta no casulo vazio trancando-o em seguida. Os recém-libertos sentavam-se cansados.

Joca, então, percebeu que seria importante tentar deter o chefe, que havia mudado seu objetivo. Ele abandonou o casulo de Kronos, ignorou as demais pessoas e partiu com todas as suas forças em direção ao casulo de quem, certamente, estava criando toda aquela situação: Fred!

31. FRED CORRE GRANDE PERIGO

– Você vai me pagar – gritava o chefe na direção do casulo de Fred, que parecia adormecido. – Pare o que está fazendo! Imediatamente.

Joca notou que o chefe, insistentemente, digitava um código que não estava sendo aceito. O garoto se aproximou e tentou impedir a ação do chefe empurrando-o para o lado, mas o homem reagiu com violência derrubando-o.

– Você também é culpado – gritou ele. – Se tivesse feito o que eu pedi, nada disso estaria acontecendo.

O chefe então se voltou para atacar Joca, mas foi impedido por Xavier. Joca se levantou e ajudou-o a segurar o chefe, que era muito mais alto do que ambos e também mais forte.

– Rápido – gritou Xavier com um forte sotaque hispânico. – Arranque o sensor dele.

Joca estava até se acostumando a fazer aquilo, afinal, já havia removido o de todas as pessoas que saíram dos casulos, mas não conseguia localizar o do chefe.

– Está na nuca dele – gritou Xavier. – Rápido.

Joca deslizou os dedos pela nuca do homem enfurecido e percebeu o sensor, mas, quando ia retirá-lo, o chefe se soltou arremessando os dois para o lado.

– Vocês não podem fazer nada contra mim – gritou ele parecendo estar no meio de um grande *video game*. – Fred, se prepare, pois vou impedir o que você está querendo fazer. Não vou deixar que destrua tudo o que eu construí.

O chefe retirou uma arma de seu casaco e atirou no casulo. Deu um, dois e, no terceiro disparo, uma rachadura surgiu na altura do rosto do garoto.

– Saia daí – gritou o chefe.

Joca estava apavorado e se escondeu junto com todos os outros ao ouvir o primeiro tiro. Imaginou que Fred não poderia sair do casulo, pois correria o risco de ser alvejado. Por outro lado, se permanecesse por lá, acabaria sendo atingido de qualquer maneira.

– Precisamos fazer alguma coisa – gritou Joca para Xavier, que parecia procurar algo para jogar no chefe.

O chefe se aproximou do casulo e, de repente, ouviu-se um estampido seco e o homem caiu no chão.

– Ninguém se mexa! – gritou uma voz. – É a polícia.

Joca sentiu um grande alívio, ficou contente e pensou em Bia. O plano havia funcionado.

32. A VITÓRIA VERDADEIRA

E foi assim que tudo aconteceu.

Quando Kronos retornou com seu exército de zumbis todos ficaram surpresos.

"Como aquele garoto tinha sido ingênuo", pensou Kronos.

Fred sempre esteve muito enganado. Enquanto ele repousava no casulo, o chefe já tinha criado toda uma nova área para desenvolvimento do projeto *Sensor II*. O garoto tinha contato apenas com a realidade que ele conhecia, não com todas as estruturas que foram desenvolvidas secretamente no porão por onde o antigo garoto Joca havia chegado.

As portas existiram. Joca não havia se enganado. Atrás de cada uma delas repousavam centenas de casulos guardando os zumbis. O chefe foi muito esperto ao elegê-los como classe dominante no jogo: eles podiam ser facilmente controlados, pois nada era mais fácil no mundo do que controlar um ser como aquele, que só age, não pensa.

Todos que ousaram invadir o laboratório do chefe foram transformados em zumbis. O mais difícil foi desarmar o policial e sua tropa. Foi necessária a utilização de uma grande quantidade de gás para dormir.

Em seguida, bastou colocar o sensor em cada um deles e pronto: seguiriam as ordens do chefe imediatamente. Tudo estava andando como o previsto. Logo o sensor seria colocado à venda disfarçado, como se fosse um incrível *video game*. Essa criação era, na verdade, o maior controlador de mentes inventado pelo homem.

O chefe Valter era o líder e verdadeiro dono da GCV, que significa, na verdade, *Grandes Cérebros Violados*. Agora, o seu exército de zumbis iria trabalhar como escravos produzindo todos os sensores que ele precisava para dominar o mundo. E, quando isso acontecesse...

– Ah, não gostei, Fred – disse a Bia interrompendo a narração do amigo.

– Não gostou do quê? – reclamou o garoto, que estava empolgado com sua história.

– Eu não apareci até agora – reclamou ela. – Parece até que eu não estava lá.

– Ela está com ciúmes – disse o Joca.

– Não é ciúmes… Parece que eu não participei de nada e, tenha dó, né, Fred, Grandes Cérebros Violados é ridículo.

Enquanto a polícia vasculhava o local atrás de provas, os garotos relaxavam ouvindo as histórias que Fred contava enquanto imaginava como seria o mundo se o chefe tivesse conseguido dominar a mente de todas as pessoas.

– Que bom que tudo acabou – falou o Joca. – Acho que eu não ia gostar muito de ser um zumbi, não.

– Mas, pelo menos, você escolheu um nome legal – disse o Fred.

– Eu também gosto – completou a Bia. – Kronos soa bem.

– É, mas será que você sabe o que significa, Bia? – perguntou Joca.

– Claro que eu sei – respondeu o Fred enquanto ela os olhava com cara de desentendida. – Kronos era o nome de um titã da mitologia grega que devorava os filhos ao nascer. Ele só não conseguiu devorar um, Zeus. A mãe dele não queria que isso acontecesse e deu para Kronos uma pedra enrolada em alguns panos, que ele engoliu acreditando que fosse seu filho. Assim, ela conseguiu salvar Zeus, que voltaria e derrotaria todos os titãs.

– Eu, hein… – riu a Bia. – O tal do Kronos, além de ser um zumbi muito do meia boca, também foi um péssimo pai.

– E por falar nisso, vejam só quem está chegando! – sorriu o Joca. – Nossos pais!

Os três se levantaram e não demorou muito para que todos se abraçassem aliviados e felizes por tudo aquilo ter terminado, finalmente.

33. ALGUMA COISA PODERIA SER DIFERENTE

Depois de ouvir um milhão de recomendações da mãe de Bia para que não inventassem nenhuma maluquice nova, os garotos se reuniram no arsenal para conversar sobre tudo o que havia acontecido.

Eles riram, pois estavam certos de que tinham tomado as decisões corretas. Se tivessem deixado tudo a cargo da polícia, estariam, provavelmente, seguindo pistas furadas deixadas pelo chefe nos lugares mais impossíveis.

– Nosso plano funcionou perfeitamente – disse Joca. – Aqui está, Bia, pode guardar de volta no seu arsenal. – Joca entregou para a amiga um minúsculo aparelho que ela pegou com muito cuidado.

– Vocês foram mesmo muito espertos – disse Fred. – Não é à toa que são meus melhores amigos.

– Depois de tudo o que a gente fez – riu Bia toda orgulhosa. – Somos mesmo!

– É – disse Joca. – E eu ainda consegui tirar esse aparelhinho da sua câmera sem estragar nada.

– É verdade – disse Bia Byte. – Então aproveita para colocar de volta antes que aconteça alguma coisa com ele.

A ideia tinha mesmo sido brilhante. Bia possuía uma câmera fotográfica muito moderna que vem com um elemento especial contra roubo: um dispositivo que tira fotos e as remete para um *e-mail* previamente cadastrado, no caso, o de Bia. No *e-mail*, graças a um GPS embutido no mesmo aparelho, também chegava a localização em que a câmera estava. Esse era um jeito de recuperá-la caso fosse roubada.

– O aparelho se fixou direitinho nos meus óculos – disse Joca. – Você quase me deixou maluco quando me mandou subir a escada de volta, Fred. No fim, foi ótimo o espelho estar lá naquela parede.

– É, eu imagino – riu ele. – Mas não consegui ter outra ideia. Depois que eu falei com a Bia e ela me contou sobre o que vocês estavam fazendo, descobri que aquela seria uma boa maneira para ela descobrir que você estava bem. E também serviu para te tirar do mundo virtual por alguns segundos. Se não desse certo para uma coisa, daria para a outra.

– Acabou dando para as duas – disse Bia. – Pena que não dava para controlar quando meu dispositivo ia tirar as fotos. Se fosse assim teria sido mais fácil. Eu fiquei muito preocupada quando as fotos começaram a ser sempre as mesmas.

– Foi porque meus óculos caíram no chão – disse Joca.

– Ainda bem – riu Fred. – Quando Kronos perdeu a visão, ele se atrapalhou. O sensor havia previsto que a sua visão, Joca, estava perfeita quando fez os cálculos iniciais; ele não entendeu que você estava de óculos. Taí mais uma coisa que eu vou ter que aprimorar no futuro do jogo.

– E, por falar nisso – falou Bia – como é que vai ficar o jogo agora?

– Volta tudo como estava antes. Fase de testes – respondeu Fred.

– Estou fora – falou Joca. – Nunca mais eu quero participar.

– Mas não foi culpa do jogo – disse Fred. – Foi da ganância do chefe. Ele percebeu que o sensor era muito poderoso, não precisava ser somente um jogo. Ele queria controlar as pessoas. Poderia até pensar em fazer alguma chantagem no futuro.

– O problema, para mim, é que tudo estava muito escondido, cheio de segredos – disse Bia.

– Mas tem que ser assim – argumentou Fred. – Isso se chama "segredo industrial". As empresas, quando estão desenvolvendo um novo produto, costumam manter tudo escondido para que a ideia não seja roubada. No mundo da tecnologia isso é muito sério. A pirataria e os *hackers* podem roubar tudo e estragar o projeto se não forem tomados todos os cuidados. Aprendi isso lá na GCV. Eu não podia falar quase nada.

– Só para mim – riu Joca para a Bia.

– Sim, eu fui autorizado pelos técnicos – continuou Fred. – Só havia especialistas envolvidos no projeto e a gente queria uma pessoa comum, a mais comum possível – provocou Fred – para testar o produto, por isso que havia um sensor a mais para você. Bem que eu achei estranho o chefe Valter não aceitar isso. Agora eu sei que ele só queria pessoas que já conhecia, que pudesse controlar com facilidade e, pior, que confiassem nele.

– Tá vendo, Joca? – falou Bia Byte. – Se eles precisassem de uma pessoa que soubesse TUDO de tecnologia, tinham me chamado, mas queriam um inexperiente, um leigo.

Joca preferiu não responder, pois ela tinha certa razão. Ele não era um grande aficionado em *games*, e se o jogo do sensor despertasse interesse nele, talvez fizesse a mesma coisa com qualquer outra pessoa. O *game*, afinal, se mostrou empolgante.

– Mas, Fred – disse Joca – tem mais uma coisa que eu não entendi. Por que o chefe se esforçou tanto para que eu ficasse calmo?

– É que ele precisava que você entrasse no casulo por livre e espontânea vontade. Só assim você ia se concentrar inteiramente no jogo. Se você fosse forçado a entrar lá, só pensaria em fugir, como eu.

– Você foi forçado a entrar lá? – perguntou Bia.

– Não – respondeu Fred. – Todo mundo que estava lá foi como voluntário. Mas eu percebi que havia alguma coisa errada quando pedi para sair e ele não me deixou. Eu pensei que era para não interromper alguma etapa do jogo, mas depois percebi que nós éramos prisioneiros. Se Joca tivesse entrado no casulo, o chefe teria todos os sensores reunidos novamente e poderia fazer o que quisesse. Ele monitorava a central e estava com o sensor mais poderoso, que podia controlar todos os outros.

– Mas você não estava colaborando – disse Bia.

– Sim, e esse era o principal problema dele. Quando percebi as verdadeiras intenções, parei de participar e passei a tentar descobrir uma maneira de escapar – explicou Fred. – Sempre que eu encontrava uma brecha, o chefe informava aos demais participantes que eu estava tentando fugir e eles fechavam o canal que eu havia descoberto, achando que estavam fazendo alguma coisa boa.

– Então era por isso que você não conseguia ficar muito tempo falando com a gente – disse Joca.

– Isso mesmo. Eles me bloqueavam e tentavam controlar o meu sensor. Eu sempre me esforçava para achar um meio de falar com o mundo. Tentava mandar mensagens por *e-mail*, por celular. Sempre era muito difícil e o chefe rapidamente me bloqueava.

"Por isso que ele só conseguia me mandar uma palavra de cada vez", pensou Joca.

– E por que os outros não se rebelavam como você? – perguntou Bia.

– Porque eles não conseguiam perceber o que estava acontecendo. O chefe controlava todos os sensores e dizia que era um *game*, que eles tinham que permanecer jogando. O tempo dentro do casulo é diferente. As pessoas achavam que só se tinham passado algumas horas. Eu, como havia criado o jogo e participado de todas as fases iniciais, sabia como burlar a maioria das armadilhas, mas o chefe estava criando novas e eu não estava conseguindo mais escapar. Se vocês não tivessem aparecido a tempo, eu teria sido capturado definitivamente para o mundo virtual e os planos do chefe teriam dado certo.

– Ainda bem que a gente chegou a tempo – riu Bia, que estava muito feliz por estar novamente ao lado de seus amigos, mas, principalmente, de Fred.

34. SÓ NÓS SABEMOS

A polícia teve que dar muitas explicações ao longo das semanas que se passaram. A imprensa queria saber como eles haviam descoberto o esconderijo do chefe e, principalmente, como foi que eles tiveram coragem de dar tiros em um espaço onde havia crianças, jovens e idosos. O chefe, afinal, foi atingido na perna apenas de raspão.

Eles explicaram, pacientemente, que tomaram todos os cuidados necessários. Quando identificaram o prédio indicado por Bia, descobriram que os proprietários eram da própria GCV, que passou todas as informações sobre o local. A empresa explicou que o antigo edifício do Corpo de Bombeiros apresentava a segurança e o espaço que eles precisavam para desenvolver o projeto. Era grande, com várias salas e muito resistente. Haviam cedido o prédio para o chefe, que exigira sigilo absoluto para proceder com as suas experiências. A empresa alegou que sabia que ele estava lá, mas desconhecia que ele mantinha reféns. Confiaram nele como todos os outros envolvidos no projeto.

O chefe, realmente, havia traído a confiança de várias pessoas. Ele queria controlar todo o equipamento para chantagear a GCV e, possivelmente, repassar a tecnologia para outras empresas concorrentes. Fora isso, quando ele percebeu todo o potencial do sensor, passou a pensar que poderia realmente dominar o mundo. Não seria apenas um *hacker* que controlaria equipamentos, mas pessoas no planeta inteiro. Graças à esperteza dos garotos, todo o plano foi por água abaixo. Agora, o chefe estava preso e iria pagar por seus crimes.

Fred, Joca e Bia haviam dado várias entrevistas para a TV, mas já estavam ficando cansados, exceto Bia, que se divertia em postar nas suas redes sociais tudo o que era publicado na imprensa sobre o assunto.

– Tem milhaaaaaaaaaaaaaaaaaares de pessoas me seguindo! – disse ela para Joca.

– Não quero ninguém me seguindo, nunca mais – respondeu Joca. – Mas Fred, eu tenho que confessar, aquelas histórias eram muito interessantes. Eu nem sabia que o Kronos tinha um passado tão violento.

– Eu sei – respondeu Fred. – Eu ouvia as histórias que o chefe lhe contava. A sorte é que todas elas estavam em um manual de instruções que eu ajudei a criar. Ele só lia o que estava lá.

– Você deveria largar essa história de *games* e escrever contos de zumbis – riu Joca. – Acho que seria mais seguro.

– Aconteceu a mesma coisa com o selvagem e os *worms* – continuou Fred. – Ficava muito difícil para que eu conseguisse te contar o que estava se passando porque o chefe colocava todos os sensores para me atacar ao mesmo tempo e eu ficava fraco. Eu só conseguia escapar quando acontecia alguma coisa que desviava a atenção deles: o lance dos óculos, que caíram no chão, e do espelho, por exemplo.

– Foi maldade não me deixar colocar os óculos – reclamou Joca. – Eu não enxergava nada.

– Mas isso foi uma das melhores coisas que aconteceram. Ainda bem que você é míope – riu o Fred. – Se você tivesse colocado os óculos, sua visão ia ficar normal e, sei lá, acho que você seria um zumbi até hoje.

– Eu adorei a história do espelho – falou Bia. – Só não entendi como foi que ele se quebrou.

– Foi o chefe – respondeu Fred. – Ele percebeu o que eu estava fazendo. Eu me lembrava daquele espelho porque eu sempre dava uma conferida no meu cabelo nele.

– Acho que foi por isso que eu vi um vulto passando por mim – respondeu Joca.

– Depois que ele quebrou o espelho, voltou rapidamente para a cabine de comando e tudo continuou do jeito que ele queria, até que...

Fred olhou para Joca e percebeu que era melhor encerrar o assunto por ali. Bia Byte estava tão entretida com suas redes que não percebeu a mudança nos rumos da conversa.

– Mas, Joca, o melhor de tudo foi quando você jogou o sensor dentro do casulo e fechou a tampa. Como foi que você pensou nisso? – perguntou Fred.

– É mesmo – provocou a Bia. – Você teve essa ideia sozinho?

Ele olhou para ela com o canto do olho e respondeu.

– Foi minha sim, quer dizer, mais ou menos – riu ele. – Lembra quando você me deixou colocar o dedo no seu sensor?

– Sim – respondeu Fred.

– Então, me lembrei que a gente conseguia compartilhar o que estava sentindo e que você podia interferir nas mensagens que eu recebia. Imaginei que, se eu deixasse um sensor sozinho, talvez você conseguisse pegar a frequência dele. Foi por isso que antes de jogar eu pensei, "Fred, agora é com você", lembra?

– Se me lembro! Aquele sensor "sem dono" me deu uma bruta força. A partir daquele momento eu não estava mais sozinho contra todos. Quando o chefe se desesperou, e como ele estava fora da cabine central de comando tentando te convencer a entrar no casulo, foi mais fácil despistar as armadilhas e libertar os outros.

– E quando eu tirei os sensores dos outros, você foi ficando cada vez mais forte – comentou Joca.

– É verdade – disse Fred.

– Parem com essas conversas – riu Bia. – Não aguento mais ouvir essas histórias, pelo menos ao vivo.

Então, os três amigos ficaram vendo pela *net* as entrevistas que haviam dado. Era uma forma divertida de se distrair, Joca tinha que concordar. Ele estava mais relaxado e contava com o apoio de Fred para tentar se recuperar de tudo o que havia acontecido, embora fosse bastante difícil. O chefe havia sido muito cruel quando usou a câmera do medo, no porão, para desestabilizar Joca e transformá-lo definitivamente em Kronos. Ele quase venceu o jogo usando essa estratégia.

Embora tudo tenha terminado bem, Joca tinha se confrontado com o maior de seus medos e ele não conseguia se esquecer do que assistira. Sentia arrepios só de se lembrar. Mas o que fez com que ele tivesse esperança de se sentir melhor foi uma coisa que Fred lhe disse:

– Eu também fui vítima da câmera do medo durante os testes e sei como você se sente, mas não se preocupe, a gente é muito jovem e esse medo todo deve ser uma grande bobagem. Como é que alguém pode ter algum grande medo com a nossa idade? – riu ele. – Daqui a pouco vamos rir muito disso. Ainda bem que, pelo menos, só nós sabemos qual é o nosso maior medo, não é verdade?

Joca esperava que o primo tivesse razão, mas que ele preferiria jamais ter visto o que viu, disso não restava dúvida.

Manuel Filho

Sempre gostei de *video games*. O primeiro que eu tive foi o Telejogo, o bisavô dos que existem hoje, que mostrava na tela uma barra de cada lado e uma bolinha que ia lentamente de um canto para o outro. A única tarefa era rebatê-la. Era simples, mas as crianças se divertiam muito. Anos depois, comprei eu mesmo o meu Atari, aquele do inigualável come--come. Foi uma grande revolução, havia cores e muitos jogos. Agora a tecnologia cria tantas coisas incríveis que não duvido que teremos um sensor qualquer dia desses. Além de jogar, adoro inventar histórias, e já escrevi vários livros. Ganhei prêmios literários, incluindo o Jabuti. Estudei teatro, participei de espetáculos e musicais, e gosto tanto de cantar, que já gravei dois CDs! No meio de tanta coisa, ainda tive a sorte de escrever para programas de TV e de rádio. Curto vários seriados de TV, principalmente os que falam de zumbis! Se quiser saber um pouco mais de mim, visite meu site: www.manuelfilho.com.br

Laurent Cardon

Sou francês, mas vivo em São Paulo desde 1995. Sou ilustrador, animador, *storyboarder* e *layoutman*. Já trabalhei com séries e longas-metragens em vários países. Leciono cinema e faço curtas-metragens. Foi no Brasil que comecei a trabalhar com literatura infantil e já ilustrei inúmeros livros aqui, e alguns até foram premiados. Também sou autor e um de meus livros já foi selecionado para o PNBE.

Não sou muito familiarizado com o universo dos *games* e não sabia se convenceria o leitor com meu traço. Mas o que gostei no livro é o fato de o real se misturar com a ficção de uma maneira muito sutil. Para um ilustrador, é justamente essa a parte fascinante e mágica do trabalho, pois vivemos entre esses dois mundos, esforçando-nos para criar uma passagem entre o real e o irreal, a ponto de fazer o leitor confundir realidade com ficção. Espero ter conseguido.

Este livro foi impresso sobre papel couchê fosco 115 g/m^2.
Foram usadas as variações das fontes CongaBraMM, Neuropolitical, Thurston, Weiss.